KB080418

특별배송
하시겠습니까

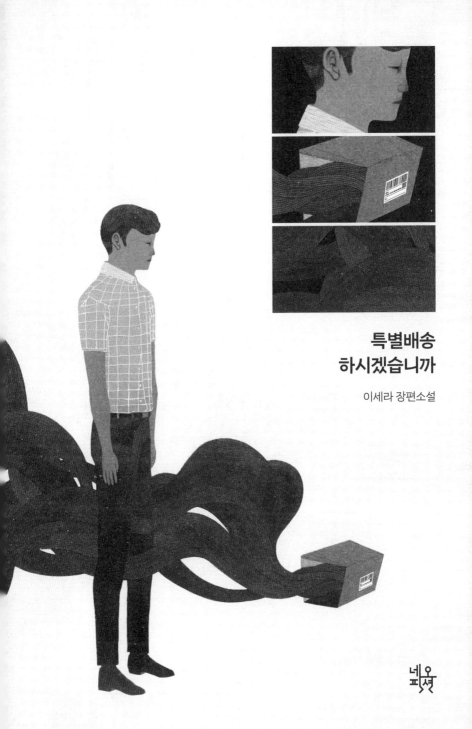

특별배송
하시겠습니까

이세라 장편소설

차례

프롤로그

미란은 사무실에서 나와 물류창고를 가로질러 빠르게 걸음을 옮겼다. 대부분의 택배 기사들은 각자 자신의 차 짐칸에 배송할 물건을 싣느라 바빴지만 미란이 걸음을 멈춘 곳의 분위기는 완전히 달랐다. 군데군데 자리 잡은 10여 명의 남자들은 담배를 피우며 잡담을 하고 있었다. 그 외모만 놓고 보자면 마치 운동 시간에 맞춰 교도소 운동장에 나온 강력범들 같았다.

"창고 안에서는 금연인 거 모르세요? 담배 끄세요."

남자들은 번득이는 눈빛으로 잡아먹을 듯 미란을 응시했지만, 이내 담배를 바닥에 던진 다음 발로 비벼 껐다. 오직 한 남자만 담배를 끄는 대신 크게 한 모금 빨아들이고 허공에 연기를 뿜었다. 이때 거대한 손바닥이 남자의 뺨을 덮듯이 후려쳤다. 남자는 담배를 손에 쥔 채, 자신이 뿜은 연기를 헤치며 바닥으로 쓰러졌다.

미란은 쓰러진 남자의 손가락에 걸려 있던 담배를 발로 밟아 비비면서 거대한 손바닥의 소유자 앞에 섰다. 미란은 종이 한 장과 카메라를 남자에게 건넸다. 남자가 종이의 내용을 확인하는 사이, 미란은 다시 사무실로 걸어갔다. 잠시 후, 남자는 차를 몰고 물류 창고를 빠져나갔다.

*

아파트 입구에 차 한 대가 멈춰 섰다. 졸고 있던 경비원은 방문자 전용 출입구 앞에 있는 차를 바라봤다. 새벽에 아파트를 찾는 외부 방문자의 직업은 두 가지 중 하나였다. 하나는 경찰이었고, 나머지 하나는 새벽 배송을 하는 택배 기사다.

택배 차 옆면에는 회사 이름과 함께 '택배'라는 글자가 유난히 크게 새겨져 있었다. 운전석에 있는 남자의 모자와 조끼에도 같은 그림이 있었다. 경비원은 버튼을 눌러 차단봉을 올렸다. 택배 차량은 입구를 통과해 그대로 지하 주차장으로 진입했다. 새벽 1시의 지하 주차장은 지상보다 고요했다. 사람이나 자동차의 움직임은 찾아볼 수 없었다. 어디에선가 '윙' 하는 바람 소리가 들리는 것 같았다. 남자는 택배 차를 엘리베이터 전실 입구 바로 앞에 주차하고 시동을 껐다.

특별 서비스에서 가장 필요한 건 인내심이었고 그다음은 신속하고 정확한 업무 처리 능력이었다. 이 중에서 하나라도 어긋나면 문제가 발생했다. 가장 큰 문제는 수수료에서 일정 금액이 깎이는 것이었다. 문제의 종류와 과실 유무에 따라 비율이 달라졌는데, 보통 10퍼센트에서 30퍼센트까지 차감되었다. 한 번이면 몰라도 여러 번 반복되면 타격이 컸다. 매월 빠져나가는 돈은 거의 정해져 있었기 때문에, 예상했던 돈이 들어오지 않으면 곤란했다. 가장의 무게는 누구에게나 가벼울 수 없었다.

그때, 지하 주차장으로 내려온 승용차 한 대가 근처로 다가왔다. 남자는 미란이 준 종이를 꺼내 차량 번호가 맞는지 확인했다. 운전석에서 목표물이 내렸다. 한눈에 봐도 좋은 몸이었다. 같은 업종에서 일하는 사람 같았다. 그렇다고 동료라고 하기에는 좀 그랬다. 이 세계에서는 오로지 경쟁자만 존재했다.

남자는 운전석에서 내려 택배 박스를 손에 든 채 엘리베이터 앞에 섰다. 천천히 다가온 목표물 역시, 남자와 나란히 엘리베이터 앞에 섰다. 목표물은 남자를 위아래로 훑어보며, 혹시라도 있을지 모를 수상함의 냄새를 맡으려는 듯했다. 하지만 남자의 모자와 조끼에 쓰여 있는 '택배'라는 단어를 보자 의심은 사라진 듯했다. 목표물은 고개를 돌려 엘리베이터 충수를 확인했다. 엘리베이터는 계속 같은 층에 멈춰 있었다. 버튼을 누르지 않고 있었던 것이다. 남자를 향해 뭔가를 따지려는 듯 고개를 돌리는 순간, 목표물의 얼굴이 완전히 돌아가버렸다. 남자는 쓰러진 목표물을 어깨에 둘러메고 엘리베이터 전실을 빠져나왔다. 택배 차의 짐칸 문을 연 뒤 안쪽에 목표물을 올려놓고 남자도 그 위로 올랐다. 그리고는 사진을 몇 장 찍은 후 목표물을 짐칸 더 깊숙한 곳으로 밀어 넣고 밖으로 나와 문을 잠갔다.

남자는 물류센터로 돌아오면서 전체적인 과정을 다시 한번 돌이켜보았다. 이번 특별 서비스에서 수수료를 차감당할 만한 행동은 없었다. 복기를 하는 것과 하지 않는 것은 차이가 컸다. 객관적인 시선에서 이뤄진 복기는 실수를 줄여주는 중요한 요소로 작용했다. 바꿔 말하면, 객관적이지 않다면 복기는 별 의미가 없다는 말이다. 그것은 실수에 대한 자기합리화에 지나지 않았다.

물류센터에 도착한 시간은 새벽 4시였다. 원래 있던 자리에 주차를 하고, 남자는 차에서 내렸다. 택배 지점이면서 물류센터인 대형 창고 안에는 다른 특별배송 차량은 보이지 않았다. 다들 물건을 배송하거나 특별 서비스를 제공하는 중일 것이다. 사무실로 들어간 남자는 책상에 앉아 있던 지점장에게 고개를 숙였다. 지점장은 남자를 잠깐 쳐다보더니, 아무 대꾸 없이 모니터로 시선을 돌렸다. 남자는 목표물의 신상 명세가 인쇄된 종이와 카메라를 미란에게 반납했다. 미란은 카메라 액정화면을 통해 사진을 확인하고는 남자를 향해 고개를 한 번 끄덕였다. 특별한 지적 사항이 없는 걸로 봐서, 이번 건에 대한 차감은 없을 것 같다.

영웅본색

용재는 친구인 민호의 소개로 택배를 하게 되었다. 택배 회사 직원으로 고용되는 형태가 아니라 프리랜서였다. 개인이 소유한 차에 물건을 실어서 배송지로 갖다주는 방식이었다. 시간이 나면 언제라도 할 수 있고, 필요하면 쉴 수도 있었다. 수시로 병원을 다녀야 하는 용재에게 딱 맞는 자리였다. 게다가 가게—지금은 접었지만—를 할 때 샀던 11인승 승합차도 일을 하는 데 좋은 조건으로 작용했다. 승용차로 옮기는 기사들보다는 물건을 많이 실을 수 있기 때문에 더 많은 수당을 기대할 수 있었다. 밤 10시부터 아침까지 거의 밤을 새우는 새벽 배송이라 그런지, 수수료가 낮보다는 조금 더 많았다. 딱히 출근 시간이 정해져 있는 것은 아니지만 보통 밤 10시를 전후로 해서 개인별 배송 지역이 정해지기 때문에 그때부터 본격적으로 근무를 시작했다. 아무리 시간 날 때

만 나와서 일하는 프리랜서 택배 기사라고 해도 나름대로 규칙은
있을 거라고 생각했다.

첫 출근인 용재는 9시쯤 물류센터에서 민호를 만나기로 했다.
연신내와 구파발을 지날 때까지는 퇴근 차량들 때문에 생각보다
길이 막혔지만, 통일로에 들어서자 차량의 수가 눈에 띄게 줄어
들었다. 대신 화물차와 대형 물류 차량이 많이 보였다. 그때 도건
으로부터 전화가 걸려왔다. 컴퓨터 수리점에서 일하는, 민호와 마
찬가지로 용재의 대학 동기였다. 도건은 어제, 임시직이라도 어쨌
든 취직이니 축하주를 마셔야만 한다면서 용재를 불러냈다. 그래
야 오래 다닐 수 있다나. 용재도 알고 있었다. 술 마실 핑계라기보
다는 위로해줄 핑계였다는 것을.

"어디?"

"나야 사무실이지. 출근하고 있냐?"

"응."

물류센터 위치를 사전에 파악하고 출발했지만, 어둠이 점점 짙
어지자 길을 가늠하기가 어려워졌다. 처음이라 그렇지 계속 다니
면 익숙해질 것이다.

"그러고 보니 어제는 못 물어봤는데, 손님은 좀 있어?"

"어제 물어볼 걸 오늘 물어보는 참 부지런하고 근면 성실한 새
끼, 일찍도 물어본다. 요즘은 컴퓨터가 튼튼해서 고장이 잘 안 나.
고장 나더라도 본사에서 원격으로 바로 고쳐줘. 그러니까 나 같
은 개인 수리점에는 올 일이 별로 없어. 아주 오래된 컴퓨터라면

몰라도. 옛날처럼 해킹해서 먹고 살아야 하나 생각 중이다."

도건은 왜 전화를 했는지 끝까지 말하지 않았지만, 용재는 이미 알고 있었다.

"첫 출근 한다고 전화 한번 해본 거냐?"

"내가 그렇게 할 일 없냐? 그냥 심심해서 한 거지."

도건은 쑥스러울 때 심심해하는 특징이 있었다.

"잘하셔."

"알았다."

용재는 통화를 마치고 주변을 살피기 시작했다. 통일로에서 물류창고 쪽으로 진입할 수 있는 길이 있다고 했다. 거의 다 왔다고 생각할 때쯤, 민호가 말해준 설렁탕집이 보였다. 용재는 설렁탕집을 지나치자마자 우회전을 한 뒤, 오르막길을 오르기 시작했다. 띄엄띄엄 있는 가로등 불빛보다 어둠이 더 짙었기 때문에 용재는 가끔씩 상향등을 켜면서 운전해야 했다. 길 양쪽에는 다양한 규모의 물류센터와 창고가 들어서 있었다. 잠시 후, 물류창고 하나가 용재의 시선을 끌었다.

어니스트 택배 일산 물류센터.

착한 사람은 착하게 살자고 하지 않는다. 착하지 않기 때문에 그렇게 살자고 하는 것이다. 진심을 담는 택배……. 용재는 그래도 첫 출근이니 만큼 자신의 마음속 저 밑바닥에 있는 작은 긍정까지 끌어올리고 싶었다. 그래서 믿고 싶었다. 어니스트라는 단어의 뜻을 오롯이 가진 회사라고 말이다.

안으로 들어가 보니 멀리서 가늠했던 것보다 내부가 훨씬 넓었다. 대부분의 물류창고가 그렇듯이 경량 철골조로 지어졌고 천장 높이가 도대체 얼마인지 알 수 없을 만큼 높았다. 5단 높이의 물품 보관대에는 배송지로 나갈 택배 물건이 가득했다. 아직 이른 탓인지 물류창고 안에는 직원이 많지 않았다.

"생각보다 크지? 천 평이 넘는다고 하더라."

민호가 용재의 뒤편에서 걸어왔다. 용재는 민호의 어깨를 한 번 툭 친 뒤, 다시 창고 안을 둘러봤다.

"사무실 가서 인사하기 전에 먼저 둘러보고 갈까?"

민호는 물류창고의 분류 순서부터 설명하기 시작했다. 크게 보면 일반 배송과 특별배송으로 나눌 수 있는데, 일반 배송의 경우 배송지의 위치별로 분류했다. 어니스트 일산센터는 센터 이름 그대로 일산과 파주 쪽으로 가는 택배가 모이는 곳이었다. 신도시답게 배송지가 아파트인 경우가 압도적으로 많았다. 어니스트 택배의 경우 새벽 배송 전문 업체였기 때문에 전체 배송 물건 중에서 특히 식재료의 비율이 높았다.

"밤에 하니까 투잡으로 하는 사람도 많겠다. 너도 그렇잖아?"

"응. 배당받는 물건 개수에 따라 다르긴 한데, 빨리 돌리면 3시에서 4시 사이에는 끝나. 몇 시간 못 자고 출근하겠지만 먹고 살려면 할 수 있나? 그래도 나처럼 가게 하는 사람들은 좀 낫지. 회사보다는 늦게 시작하니까."

"김밥집은 어때?"

"그냥 그래. 그렇다고 아무것도 안 하기에는 타격이 좀 크지. 잘 만 하면 하루에 10만 원도 벌어 가니까, 적은 게 아니잖아?"

민호는 일찍 결혼을 해서 8살과 6살 난 딸이 둘 있었다.

"지금까지는 일반 배송이었고, 여기부터는 특별배송 구역이야. 보통 특송이라고 줄여서 불러."

중앙에 위치한 일반 배송 구역과는 달리, 특별배송 구역은 창 고 끝 쪽에 위치해 있었다. 일반 택배 기사에게 지급되는 수수료 는 개당 750원에서 1천 원이었지만, 특별배송 수수료는 훨씬 높 았다. 정확한 금액을 알 수는 없지만 기사들 말을 들어보면 물건 에 따라서는 몇만 원이 넘는 것도 있었다. 내용물은 대부분 보석 류나 브랜드 시계, 장식품 등 고가의 제품이었다. 일반 배송으로 보낼 경우 분실의 위험이 있기 때문에 특별배송팀이 고객에게 직 접 전달한다는 것이다. 민호도 역시 특별배송의 짭짤함을 맛보 고 싶어 했다.

일반 배송은 배송지별로 물품이 분류되지만 특별배송은 지역 과는 상관이 없었다. 경기도와 서울 전체를 다녀야 하지만 수수 료가 높고, 특별 보조금도 주기 때문에 훨씬 이득이었다. 또한 일 반 배송은 자신의 차로 운반을 하지만 특송팀 기사가 되면 회사 에서 택배 차를 지급했다. 물론 유류비는 회사 부담이었다.

민호가 열심히 설명했지만 사실 용재의 귀에는 잘 들어오지 않 았다. 특별배송 구역에서 물건을 싣고 있는 기사들의 모습 때문 이었다. 10명 남짓한 남자들은 하나같이 험상궂고 강한 인상이었다. 회사 조끼가 아니었으면 완전히 조폭처럼 보일 만한 얼굴들이었다. 특히 눈이 마주칠 때는 아주 잠깐이었지만, 분명히 눈빛에서 살기를 볼 수 있었다. 한 명을 제외하고는 모두 비슷한 분위기였는데 그 나머지 한 명도 그다지 좋은 인상은 아니었다.

"인상들이 좀 그렇지?"

민호가 적절한 곳을 찔렀다. 어니스트 택배에서는 정규 직원으로 취업을 하거나 용재나 민호처럼 일용직 기사들을 채용할 때 주민등록등본 외에 다른 서류는 제출하지 않았다. 특별한 자격 요건도 없었다.

일반적인 채용 광고를 보면 보통 '해외 여행에 결격 사유가 없어야 한다'는 내용이 포함되어 있다. 한 국가를 입국하거나 출국하는 데 있어서 가장 중요한 증명 서류는 바로 여권이다. 그런데 국가에서 정한 사유에 해당되면 여권 발급이 거부되거나 제한을 받게 된다. 사유에는 여러 가지가 있는데, 그중 채용과 관련된 사유는 바로 범죄 경력이다. 범죄 경력이 있으면 여권법이나 출입국관리법에 의해 여권 발급이 거부될 수 있다. 여기에 해당되는 사람을 구분하기 위해 '결격 사유'라는 말을 사용하는 것이다. 즉, 범죄 경력이 있는 사람은 지원하지 말라는 것이며, 그 사실을 숨긴 채 채용되더라도 나중에 발각될 시 채용이 취소된다는 회사의 뜻을 알리는 것이다.

"왜 그렇게 복잡하게 하지? 그냥 범죄 경력이 있으면 안 된다고 하면 안 되나?"

"그게 문제가 좀 있어. 범죄 경력 같은 건 민감 정보에 해당되거든. 그래서 이걸 공개적으로 물어봐서는 안 돼. 또 회사에서 본인 몰래 확인해서도 안 되고."

"하게 되면?"

"아마 징역형을 받거나 벌금을 내야 할걸."

"그래서 그렇게 빙빙 돌려서 묻는 거구나."

2, 3년 공인노무사에 도전했던 지식이 아직까지 민호의 머릿속에 남아 있었다. 용재는 시원하게 법을 읊어대는 민호를 보면서 생각했다. 계속 공부해서 최종 합격을 했다면 민호는 어떤 공인노무사가 되었을까? 평소 성격대로 의뢰인의 말을 잘 들어주고 다정하게 대해주었을 것이다. 하지만 다시 공부를 시작하기는 쉽지 않을 것이다. 낮에는 장사를 해야 하고 밤에는 택배 일을 하느라 하루에 두세 시간 자는 것도 어렵다고 했다.

"만나보면 알겠지만 여기 물류센터 지점장이 약간 특이한 사람이야. 뭔가 말로 설명하기는 어려운데, 좀 그래. 어쨌든 그 지점장이 전과가 있는 사람들을 일부러 부른다는 거야. 그 사람들한테 일할 수 있는 기회를 준다는 얘기가 있어. 진짜로 그런 거면 전과자들에게 사회로 복귀할 기회도 주고 좋은 거잖아? 그리고 저 사람들, 생긴 거나 분위기는 저래도 물류센터 안에서나 배송지에서 사고 쳤다는 말은 한 번도 못 들었어."

"〈영웅본색〉 같은 거네?"

용재는 영화 제목을 입 밖으로 꺼냈다. 민호도 어렴풋이 그 영화를 본 기억이 났다. 용재의 설명에 속도가 붙었다.

"〈영웅본색〉을 보면 그런 장면이 나와. 주인공 송자호가 어떤 사건에 휘말려서 교도소에 들어가. 출소하고 나왔는데 받아주는 데가 없는 거야. 그러다가 소개를 받아서 일을 하게 되거든. 자동차 정비소 같은 곳인데, 송자호 같은 전과자들을 채용해서 새로운 삶을 살 수 있게 해줘. 사장이 좋은 사람이라서 직원들이 사고 치지 않도록 도와주거든."

용재의 설명을 듣자, 민호는 이해가 간다는 표정이었다. 그때 특별배송 구역을 살펴보는 용재의 시선과 한 남자의 시선이 부딪혔다. 찰나의 순간이었지만 험악한 표정에서 뭘 보냐는 듯한 경고가 강하게 느껴졌다. 용재는 재빠르게 남자의 시선을 피했다. 첫날부터 부딪칠 필요는 없다. 아니, 여기서 일하는 내내 부딪칠 필요는 없어 보인다. 굳이 말이다.

민호는 용재를 데리고 물류센터 이곳저곳을 다니며 각각의 공간에 대해 설명했다. 용재가 볼 때 물류센터의 각 작업은 속도라는 기준에 맞춰진 듯 보였다. 어떻게든 빨리 물건을 배분하고 빨리 실어서 빨리 센터를 빠져나가는 것. 그런 흐름이 물류센터 전체를 감싸고 있었다.

*

용재와 민호는 사무실 안으로 들어갔다. 사무실 안쪽에 파티

션으로 둘러싸인 책상이 있었고, 파티션 앞에 '지점장'이라는 직함이 보였다. 입구 바로 옆에 책상이 또 하나 있었는데 모니터와 팩스 겸용 프린터가 자리를 차지하고 있었다. 프린터에서는 끊임없이 배송지 라벨이 인쇄되어 나오고 있었다. 인쇄된 라벨은 바닥에 놓인 박스에 차곡차곡 쌓였는데, 이미 꽉 찬 박스가 서너 개 더 있었다. 용재는 모니터를 보고 있던 여자에게 눈길을 돌렸다.

대리 서미란.

명패만 봤을 뿐인데 만만치 않겠다는 생각이 든 건 왜일까? 미란은 모니터를 보면서 흘깃 용재를 바라봤다. 미란의 시선 속에는 대놓고 무관심이 서려 있었다.

"지점장님, 제가 말씀드린 친구입니다."

지점장이 자리에서 일어났다. 번듯한 직함을 가졌으니 모든 면에서 용재보다 괜찮은 사람일 것이다. 용재는 민호의 아주 공손한 소개에 맞춰 지점장에게 고개를 숙였다.

"차용재입니다."

지점장은 용재에게 다가와 손을 내밀었다.

"반가워요."

지점장은 악수를 한 뒤, 용재에게 명함을 한 장 건넸다.

어니스트 택배 일산 지점장 김태수.

태수는 머리부터 발끝까지 하나도 흐트러진 데가 없었다. 옷을 입은 태만 보아도 철저하게 관리된 몸이라는 것을 한눈에 알 수 있었다. 태수는 용재로부터 건네받은 주민등록등본을 살피기 시

작했고, 그러는 사이 용재는 회사 자체 양식의 이력서를 한 칸 한
칸 채워 나갔다. 용재의 시선은 이력서에 가 있었지만 마음은 온
통 태수의 뇌로 전달되고 있는 자신의 주민등록등본에 쏠려 있었
다. 의례적으로 읽는 척을 하는 건지, 아니면 그 속에서 트집이라
도 잡으려는 건지 궁금했다. 세상에는 특이한 능력을 가진 사람
이 생각보다 많다. 태수도 그런 사람 중 하나일지도 모른다.

용재는 그동안의 인생을 펜으로 모두 설명했다. 물론, 자체 이
력서가 원하는 부분에 한해서였다. 나머지 부분을 일부러 알려줄
필요는 없을 것이다.

"어머니랑 여동생과 같이 사시는군요."

용재는 태수의 말에 대답을 해야 할지 말아야 할지를 잠시 생
각했다. 대답 대신 "무슨 문제 있나요?"라고 묻고 싶었다. 물론 무
심코 세상 밖으로 나올 말은 아니었다. 현재 입장에서 보면 태수
가 용재보다는 위에 있었고, 강한 쪽이라고 볼 수 있었으니까. 약
한 쪽이 강한 쪽에게 물어볼 만한 질문은 결코 아니었다. 비록 한
공간에 그치는 물류센터라 할지라도 야생이나 마찬가지였다.

"서 대리, 스마트폰에 앱 깔아드리고, 조끼도 하나 드려. 그럼,
저는 이만."

태수는 용재를 향해 가볍게 고개만 까딱하며 눈인사를 했다.
태수가 사무실 밖으로 나가자 공기가 조금은 상쾌해진 것 같았
다. 한 사람 분량의 이산화탄소가 줄어서 그런 걸까?

"폰 주세요."

미란은 업무를 미루지 않는 성실한 사람이었다. 용재는 미란에게 자신의 스마트폰을 건넸다. 미란은 용재의 스마트폰 배경 사진에 잠시 시선을 두었다. 5년 전, 용재 어머니의 얼굴이었다. 항암치료 때문에 기운이란 기운은 모두 빠져나갔을 텐데도 항상 웃고 있던 어머니였다. 모자를 쓰고 있었지만 누가 봐도 환자임을 알 수 있는 사진이었다. 미란은 배경화면과 용재를 번갈아 보다가 손가락 끝으로 화면을 움직였다.

"저랑 닮았나요?"

미란은 용재의 말에 아무런 대꾸 없이 계속해서 앱을 설치했다. 괜한 말을 한 것 같다. 혹시 무슨 수작을 부린 거라고 생각하지는 않을까? 절대로 그럴 일은 없다. 언젠가부터 어색한 순간, 침묵의 순간이 될 때면 쓸데없는 말이 흘러나왔다. 그런 순간을 도저히 견딜 수 없었기 때문이다. 단지 그것뿐이다.

"아이디와 비밀번호는 저장했어요. 사용법은 친구 분한테 들으세요."

미란은 스마트폰과 함께 조끼를 건넸다. 손이 옛 여자친구, 유미와 닮은 것 같기도 했다. 오랜만에 떠오른 이름 속 추억에 잠겨 있던 용재는 고개를 휘휘 저으며 사무실을 나섰다.

*

용재와 민호는 사무실 밖으로 나와, 차를 주차해 놓은 곳으로 걸어갔다.

"사무실에 있는 서 대리 있지? 성격이 장난 아니야. 조심해."

민호는 택배 앱 사용법을 용재에게 설명했다. 밤 10시에 배송지가 정해지면 해당 지역 표시가 되어 있는 운반 카트를 찾아야 한다. 카트에 실린 물건을 차에 실으면 되는데, 물건을 싣기 전에 택배 앱을 켜서 하나하나 스캔을 한다. 민호는 물건을 배송하고 나면 앱에서 반드시 배송 완료 처리를 하라고 몇 번이나 당부했다. 그래야만 그 물건에 대한 수수료가 지급된다며. 밤에 하는 배송인 만큼 문 앞에 놓고만 와야지, 친절하게 한답시고 벨을 누른다거나 문자를 보내면 안 된다는 말까지 덧붙였다. 만일 그런 일로 고객이 항의하면 아까 본 지점장을 만나 개인 면담이라도 해야 하는 걸까?

용재에게는 20개의 물건이 배당되었다. 익숙해지면 80개에서 100개까지 배당된다고 했다. 용재도 민호를 따라 어니스트 조끼를 걸쳤다. 압박감. 소속된다는 것은 뭉클함 못지않은 무게감이 있다. 민호는 용재의 승합차를 보더니 일이 익숙해지기만 하면 120개도 가능하겠다며 부러워했다.

얼핏 봐도 50명 이상은 돼 보이는 일반 택배 기사들이 각자 자신의 차에 택배 물건을 싣고 있었다. 이제 각자 맡은 배송 지역으로 출발만 앞둔 상황이었다. 용재와 민호는 각자의 차에 올라탔다. 용재의 눈에 특별배송 구역을 걸어 다니는 태수가 보였다. 용재는 창문을 내리고 민호에게 말했다.

"아까 특별 구역에서 말한 거 있잖아? 〈영웅본색〉 말이야."

"어, 그게 왜?"

"그거 아마 헛소문일 거야."

사람을 대하는 태도를 봐서, 태수가 그럴 사람으로 보이지는 않았다.

*

용재의 승합차는 일산의 한 아파트 단지에 도착했다. 103동 앞에 차를 세운 뒤, 어니스트 앱을 살펴봤다. 103동 1601호. 용재는 물건을 들고 103동 안으로 들어가 엘리베이터를 탔다. 밤 11시가 조금 넘은 시간이었는데, 벌써 진하게 한잔을 한 누군가의 체취가 엘리베이터 안에 남아 있었다. '띵' 소리와 함께 16층에 내려 배송지 라벨에 적힌 주소의 문 앞에 택배 물건을 내려놓았다. 그리고 어니스트 택배 앱에 들어가 '배송 완료' 처리를 했다. 배송 목록에서 완료로 처리가 되자, 칸이 흑백으로 바뀌었다. 이제 나머지 배송지도 흑백으로 바꾸려면 부지런히 움직여야 했다. 어쨌든 처음으로 배송 완료를 경험하니 긴장과 걱정이 조금이나마 사라졌다. 앱에 쓰여 있는 배송지 주소를 따라 이번에는 3단지로 움직였다. 용재는 새벽 2시가 조금 넘어서 20개의 물건을 모두 배송했다.

어떤 아파트 단지는 택배 차량의 출입을 막고 있어서 근처에 차를 세운 뒤 걸어서 갔다 와야 했다. 공동현관 비밀번호가 앱에 표시된 것과 달라서 곤란한 경우도 있었다. 밤늦은 시간이라 벨을 누를 수도 없고, 경비실 호출을 해도 아무런 응답이 없었다. 때마침 아파트 안으로 들어가는 여자가 없었다면 시간이 많이 걸릴 뻔했다. 물론 엘리베이터를 타고 올라가는 동안 여자가 마신 술의 종류까지는 알고 싶지 않았지만. 복도식 아파트를 걸을 때 용재의 움직임을 알아차리고 강아지가 짖는 경우도 여러 번 있었다. 용재를 수상쩍게 보는 주민도 심심치 않게 만났다. 하지만 용재가 입고 있는 조끼를 보고 대부분 안심하는 눈치였다. 용재는 조끼를 처음 입었을 때 느꼈던 기분에 대해 진심으로 뉘우쳤다. 이 모든 일이 단 몇 시간 동안 일어났다는 것이 묘하게 다가왔다. 앞으로 얼마나 많은 일이 일어날까? 용재는 앱을 확인했다. 용재에게 배당된 모든 배송지가 흑백이 되어 있었다. 그리고 방금 전까지 보지 못했던 문구가 새롭게 표시되었다.

오늘도 수고하셨습니다.

배송을 모두 완료하지 못했다면 듣지 못했을 말이었다. 민호에게 들은 바에 따르면 상황에 따라 물건을 배송하지 못하는 경우도 있었다. 물류센터에서 싣고 나올 때까지만 해도 아무 문제 없다가 갑자기 배송 취소 표시가 뜰 수도 있고, 아파트 안으로 도저히 들어갈 수 없는 경우도 간혹 있다고 했다. 그중에서도 가장 곤란할 때는 차가 고장 났을 때. 단순히 타이어가 펑크 났거나 배터리가 방전된 정도라면 보험사에서 출동한 수리 기사가 그 자리에서 손을 봐주지만, 정비를 받아야 할 정도로 심각하면 답이 없었다. 정비소가 문을 여는 시간까지 꼼짝없이 기다려야만 하는 것이다. 갑자기 지점장인 태수의 얼굴이 떠올랐다. 어쩔 수 없는 상황을 이해해주는 사람일까? 혹시 모르니 용재는 내일 정비소에 가서 미리 점검을 받아야겠다고 생각했다.

집에 도착하니 새벽 3시 30분이었다. 용재는 집에 올라가는 대신 차 안에서 자기로 했다. 잠귀 밝은 어머니와 승희를 뒤척이게 하기 싫었다. 운전석 시트를 뒤로 젖히고 눈을 감았다.

*

밤 9시가 넘어선 거리는 한산했다. 일부러 한 시간 일찍 출발했던 어제와 비교하면 차들이 어디로 숨었는지 궁금할 정도였다. 겨우 한 시간 차이였지만 그동안 많은 사람이 자신의 목적지에 이미 도착했다는 증거일 것이다.

한번 와본 길이라고 어제보다 수월하게 진입로를 찾았다. 한 시간의 차이만큼 어제보다 더 짙은 어둠이 깔려 있었다. 코너에서 핸들을 꺾는 순간, 야산 쪽에 주차된 어니스트 택배 차량이 보였다. 물류센터가 아닌 곳에 왜 차가 서 있는지 궁금해질 무렵, 차량 앞에 서 있는 두 남자가 눈에 들어왔다. 한 남자가 다른 남자의 뺨을 때렸다. 맞은 남자는 덩치가 컸지만, 휘청거렸다. 어제 물류센터 특별배송 구역에서 본 남자였다. 용재의 시선을 거두게 한 바로 그 남자. 용재가 코너를 돌다가 자신도 모르게 그 자리에 멈춰 서자, 승합차의 전조등이 정확하게 두 남자를 향하게 되었다. 때린 남자가 인상을 쓰며 용재의 승합차를 쳐다봤다. 용재는 다시 핸들을 꺾어 그 자리를 떠났다. 전조등 때문에 아마 이쪽을 알아보지 못했을 것이다. 뺨을 때린 남자의 얼굴을 떠올렸다. 그 남자 역시 용재가 아는 사람이었다. 어니스트 일산지점의 지점장 김태수였다. 혹시라도 두 사람이 자신을 봤을까 봐 겁이 났다. 지금 생각해보니 김태수라는 사람은 어제 용재에게 했던 것처럼 부드러운 척 말하는 것보다는 방금 전처럼 폭력을 쓰는 모습이 훨씬 더 잘 어울렸다. 용재는 살인 사건을 목격한 것도 아니고, 뺨을 때리는 모습을 본 정도로는 두 사람이 자신을 어떻게 하지는 않을 것이라고 생각했다.

*

물류센터 안으로 들어간 용재는 서행하면서 민호를 찾았다. 민호는 카트에 담긴 물건을 차에 싣고 있었다. 용재는 민호의 차 옆에 자신의 차를 주차시켰다.

"왔어? 이거 차에 실으면 돼. 오늘은 파주 야당동이더라. 거기 좀 힘들 거야."

민호는 야당동 표시가 된 카트를 가리켰다. 민호가 용재의 배송지 물건을 미리 가져다 놓은 것이었다. 용재가 해야 할 일이 훨씬 줄어들었다.

"근데 나 여기 오다가……."

용재는 자신이 목격한 장면을 민호에게 얘기했다.

"진짜? 잘못 본 거 아니야? 지점장이라는 직책이 있는데, 아무리 그래도 직원 뺨을 때리겠냐? 그것도 길에서? 네가 잘못 본 게 맞아. 너도 지내보면 알겠지만 선을 엄청 정확하게 지키는 사람이거든."

사람에 대한 선입견이 이래서 무섭다. 사실을 보는 것이 아니라, 선입견으로 만들어진 내용을 바탕으로 보고 싶은 것만 보게된다. 좋은 사람이니까 그럴 리가 없다는 생각, 나쁜 사람이니까 그럴 리가 없다는 생각. 용재는 민호의 선입견보다는 자신의 시력이 훨씬 정확하다고 말하고 싶었지만 참기로 했다. 자기 대신 카트도 미리 옮겨줬는데 시비를 걸 수는 없었다.

'선이 엄청 정확한 사람?'

남자의 뺨을 때린 사람은 엄청 정확하게 태수가 확실했다. 이런저런 생각을 하며 차 안쪽으로 몸을 반쯤 집어넣고 물건을 정리하고 있을 때 민호가 용재를 툭 건드렸다. 용재가 얼굴을 밖으로 빼보니 태수가 옆에 서 있었다.

"할만 해요?"

"네."

아니라고 하면 뺨이라도 때리려고? 아까 그 남자도 그래서 맞았을까? 배송하는 게 힘들다고 말해서? 태수는 보일 듯 말 듯한 미소를 짓더니 다른 구역으로 걸어갔다. 용재와 민호가 배정받은 물건을 차에 다 실었을 때쯤, 특별배송팀 택배 차량이 창고 안으로 들어왔다. 운전석에서 내리는 남자는 용재가 어제와 오늘 한 번씩 본 얼굴이었다. 환한 곳에서 다시 보니 얼굴이 험상궂다는 것이 어떤 것인지를 제대로 보여주는 남자였다. 저런 사람의 뺨을? 민호는 그 남자가 특별배송팀 팀장이라고 했다.

*

어제 배송지였던 일산의 아파트 단지와 비교해보면 파주 야당동은 전혀 딴판이었다. 동네 자체는 조용하고 공기도 좋아서 살기에는 괜찮아 보였다. 하지만 택배 기사들에게는 쉽지 않은 곳이다. 야당동은 아파트가 많은 지역과 거의 없는 지역으로 나뉘었다. 용재의 담당 구역은 아파트가 거의 없었고 빌라가 많았다. 문제는 대부분의 빌라에 엘리베이터가 없다는 것이었다. 몇 번하고 말 일이라면 두말없이 넘어갔겠지만, 수십 번을 올라갔다 내려오기를 반복하다 보니 노동도 그런 노동이 없었다. 또, 희한하게 4층과 5층으로 가는 택배 물건이 유난히 많았다. 생수 두 박스를 4층까지 가져다놓을 때는 순간적으로 이 일을 시작한 것을 후회했다. 아니야, 생각을 바꿔야지. 편한 것만 생각하면 끝이 없는 것이 인간의 욕망이다. 편한 것, 좋은 것은 용재와 상관이 없는 다른 세상의 것들이었다. 오늘을 긍정적으로 산다면 나중에 엘리베이터가 있는 고층 아파트 지역을 배정받았을 때 상대적으로 행복할 것이다. 행복은 아픔과 고통으로 더욱 빛나는 법이다.

야당동은 동네 자체가 커서 이동 범위도 넓었다. 거의 20분을 이동해서 물건 하나를 놓고 오는 식이었다. 그래도 부지런히 움직인 덕분에, 새벽 3시까지 대부분의 물건을 배송했다. 이제 몇 개만 더 배송하면 어니스트 택배 앱은 모두 흑백으로 바뀔 것이다.

편도 1차선의 좁은 길에 들어서는 순간, 또 하나의 새로운 경험이 용재를 기다리고 있었다. 술에 취한 남자 두 명이 차도와 인도 사이에 앉아 있었다. 그대로 가만히만 있어준다면 별일 없이 지나갈 수 있는 거리였다. 하지만, 용재가 간과한 사실이 있었다. 항상 나쁜 예감일수록 정확하게 맞아떨어진다는 것이다. 또한, 대처할 방법이 적을수록 나쁜 일이 일어날 확률은 더 높아진다. 오히려 소극적으로 행동해서 그런 결과가 나오는 것일지도 모른다. 갑자기 벌떡 일어선 남자들은 몸속을 지배한 술의 명령에 따라, 비틀거리면서 용재의 승합차를 막았다. 용재가 반대 차선으로 움직이자 남자들도 따라 움직였다. 좁은 길이라 방법이 없었다.

"아저씨, 길에서 이러시면……."

용재는 말해봤자 부질없다는 것을 깨달았다. 남자들은 계속 차도를 점거한 채 용재의 차를 막고 있었다. 곧장 112로 전화했다. 그런데 여기를 어디라고 설명하지? 용재는 주변에 보이는 가게 이름을 대고 경찰이 오기를 기다렸다. 10분쯤 뒤 순찰차가 오고 나서야 용재는 두 남자와의 짧은 인연을 끊을 수 있었다.

역마살

3호선을 타고 정발산역에서 내리기까지 한 시간도 걸리지 않았다. 아무리 먹고살기 바빠도 겨우 한 시간 거리에 있는데, 여기를 오기가 이렇게 쉽지 않다니. 친형 같은 선배였는데 이제는 얼굴을 보는 것도 힘들다. 지하철역을 빠져나온 용재는 걷는 내내 마음이 쓰렸고, 결국 오늘도 돈을 핑계 삼을 수밖에 없었다.

길 한쪽은 해발 85미터의 위용을 자랑하는 정발산이 이어졌고 다른 한쪽은 단독주택들이 늘어서 있었다. 유미가 세상 쿨하게 용재를 떠난 것이 벌써 3년 전이었다. 본인은 쿨이었겠지만, 용재 입장에서는 아직도 아물지 않은 뜨거운 상처로 남아 있었다. 그 상처를 토닥여주는 건 누군가의 따뜻한 위로가 아니었다. 제대로 생각조차 할 수 없을 만큼 원활히 풀리지 않는 인생이었다. 차분히 생각할 시간에 돈을 벌어야 했고, 가족들을 돌봐야 했다. 상처가 점점 벌어져도 꿰매볼 생각조차 하지 못했다. 아버지도 살아 있을 때 그랬을까? 어머니의 말을 빌리자면, 아버지도 용재 못지않게 싱거웠다고 했다. 혹시 너무 감정적인 어머니의 기준으로 판단한 것은 아니었을까? 마음을 좀 놓고 살면 좋을 텐데. 갑자기 어머니의 건강이 걱정되기 시작했다. 더 악화되었으면 어쩌지?

걱정을 사서 한다던 친구들의 말이 맞았다. 몇 년 전만 해도 그렇지 않았지만, 현재의 용재는 걱정이 많아 걱정인 스타일이었다. 어디서부터 잘못된 것일까? 생각이 어느 정도 여물 때쯤에 행동이 시작되어야 하는 것을 용재도 알고 있었다. 하지만 행동이 나와야 하는 시점에 또 다른 생각이 자리 잡고 이전의 생각과 결심을 손쉽게 밀쳐냈다. 많은 생각과 우유부단함은 스스로를 지칭하는 단어였다. 과거를 딛고 일어난다는 말은 용재에게 있어 아무런 희망도 되지 않는, 그야말로 말뿐인 표현이었다. 오로지 기억 속을 헤매면서 사는 현재만이 온전히 미래로 이어지는 것이라 생각했다.

용재는 단독주택지 안쪽에 위치한 목조 주택 앞에 멈춰 섰다.

해일(海日)음양오행연구소.

해일은 용재의 대학교 2년 선배였다. 용재와 해일, 그리고 용재의 동기였던 도건은 대학 시절 내내 항상 붙어 다니던 사이였다. 성격은 완전 딴판이었지만 다르다는 것을 이해한다는 공통점이 있었다. 아니면, 서로를 불쌍하게 여겼던 것인지도 모른다. '내가 안 놀아주면 누가 놀아주겠어?'라는 심정이랄까. 어쨌든 참 좋은 시절을 함께 보낸 사이였다. 용재는 서른다섯 살이 된 자신의 나이를 거꾸로 계산해보고, 세월의 흐름에 감탄했다. 그때, 누군가 용재의 뒤통수를 때렸다.

"또 뭘 생각을 그렇게 하고 있냐?"

참 좋은 시절을 함께 했던 도건이었다. 정말 한결같은 놈. 용재와 도건은 티격태격하며 해일의 연구소 안으로 들어갔다.

*

책장에는 사주명리학, 음양오행 등 다양한 분야의 책이 꽂혀 있었다. 사주를 보는 곳이라고 하면 흔히 무당을 떠올리고는 한다. 병풍과 여러 신의 형상들, 그리고 그 앞에 제사상. 요란하게 흔들어대는 방울, 둥근 소반 위에 쌓여 있는 쌀알과 부채. 하지만 일반인의 머릿속에 자리 잡고 있는 그런 곳들과 해일의 사무실은 거리가 멀었다.

"형, 잘 나가던데? 어제 텔레비전에 나온 거 봤어. 화면발 좀 받더라."

역시 너스레를 가장 먼저 떠는 건 도건이었다. 몇 마디만 나눠도 스무 살 시절로 돌아간 느낌이었다.

"어머님은 좀 어떠시냐?"

"다음 주에 결과 나올 거야. 그거 봐서 치료받아야겠지."

"너도 힘들겠지만, 어머님은 얼마나 힘드시겠냐? 너한테 또 미

32

안하고. 아, 참! 잠깐 기다려봐."

해일은 노트북 키보드를 두드리면서 용재와 도건에게 말을 이어갔다.

"내가 생각해보니까, 용재 사주는 본 적이 없더라. 그래서 내가 한번 봤거든."

용재는 그제야 왜 해일이 오늘 만날 약속을 하면서 자신의 생년월일과 시간까지 물어봤는지 깨달았다. 사주는 보나마나일 것이다. 좋은 게 있을 수 없는 운명이겠지.

"용재 넌 기본적으로 역마살(驛馬煞)이 아주 강해. 살(煞)이라는 말이 붙으니까 나쁜 것 같은데, 그건 아니야. 좋고 나쁜 게 아니라 타고난 성향이 그렇다는 거야. 역마살이란 건 각 계절의 맨 앞을 나타내는 글자들을 말하거든. 사계절이니까 모두 4개의 글자가 있겠지? 용재 넌 2개의 역마 글자를 가지고 있는데, 이게 둘 다 힘을 강하게 쓰는 위치에 들어와 있어. 거기에다 10년간 운의 흐름을 나타내는 대운(大運)에서 또 역마살이 들어와."

전문가의 입장에서 막힘없이 말을 쏟아내는 해일을 보고 있자니 용재는 자신이 알던 사람이 맞나 싶었다. 해일이 원래 말을 잘하긴 했다.

"역마살이 강하면 어떤데?"

용재의 질문이 끝나기도 전에, 성격 급한 도건이 먼저 입을 열었다.

"원래 역마살이 제대로 힘을 쓰면 좋은 점이 많아. 활동성이 강하고, 하는 일에 대한 자신감 같은 게 있어. 이동 범위도 넓고. 그런데 넌 역마살이 강한 대신 날개가 접혀 있는 모양이야. 네 마음대로 기운을 펼치지 못하도록 잡혀 있다는 거지."

문득 용재의 머릿속에 유미가 떠올랐다. 그런데 그건 도건도 마찬가지인 듯했다.

"유미네."

도건은 툭 말을 내뱉었다.

용재는 5년을 사귄 유미와 헤어지고 나서—그게 헤어진 건지는 정확히 모르겠지만—도건한테만 그 사실을 털어놨었다. 꼭 그런 건 아니었지만, 내심 위로의 말을 기대했는지도 모르겠다. 도건은 당시에 이런 말을 했다. 그것도 아주 걸쭉하게.

"이런 뷰웅신!"

도건은 언제나 직설적인 화법을 사용했다. 화가 나진 않았다. 서운하지도 않았다. 사실, 도건의 말이 맞기도 했다. 오늘도 도건의 날카로운 공격은 계속되었다.

"너, 유미 걔한테 있는 돈 없는 돈 다 빌려주고, 대출 보증까지 서줬어. 그런데 걔는 홀랑 다른 놈한테 가버렸지. 아직도 그 빚 대신 갚고 있지?"

용재는 묵비권을 행사했다. 아픈 곳을 찔렸을 때 사용할 수 있는 가장 좋은 방법 중 하나였다.

"형, 그리고 그거 알아? 용재가 한참 있다가 어렵게 유미를 찾긴 찾았어. 따귀를 한 대 때려도 될까 말까 한데, 이 새끼가 또 어이없는 짓을 했다니까. 용재한테 빌려간 돈 다 날리고 자기도 힘들다고 그러더래. 보나마나 돈 안 갚으려고 연기한 건데, 그걸 믿었다는 거 아니야. 그래서 그날 수금했던 50만 원까지 주고 왔대."

용재는 할 말이 없었다. 유미와 있었던 대부분의 내용을 도건에게 말했지만, 차마 하지 못한 말이 하나 있었다. 그것은 유미를 다시 만났을 때 느꼈던 감정이었다. 그때의 감정이 왜 그랬는지 지금도 정확히는 알 수 없다. 유미를 다시 만나는 순간, 왜 분노 대신 반가움이 자리했을까? 그래, 그 순간 반가웠다. 분노를 참은 것이 아니라 반대로 반가움이 드러날까 겨우 참았다. 만나면 봐주지 않고 퍼부어야겠다고 수도 없이 생각했던 말은 순식간에 용재의 마음속에서 흩어져버렸다. 도건의 말대로 자신은 바보가 맞았다. 50만 원을 손에 쥐어주던 순간, 그때 본 유미의 표정은 평생 못 잊을 것 같았다. 유미의 눈에서 샘솟는 희망을 보았다. 이 남자는, 이 바보는 더 이상 나에게 빚을 갚으라고 하지 않겠구나. 유미는 정말 그런 생각을 하고 있었을까?

"하지만 용재야. 아까도 말했듯이 운이라는 것은 계속 움직이고 변해. 올해를 잘 넘겨야겠다. 네가 어떤 선택을 하느냐에 따라 극과 극의 결과가 있을 거야. 고비는 분명히 있어 보인다. 하지만 내가 볼 때, 결국 넌 네가 가진 기운을 제대로 쓰면서 살 거야."

용재는 해일의 말이 맞기를 간절히 바랐다.

*

"어머니는?"

용재는 신발을 벗는 것과 동시에 식탁에 앉아 있는 승희에게 귀가 인사 겸 질문을 했다.

"주무셔. 일찍 왔네?"

문득 보금자리를 휘이 둘러보았다. 다른 구조가 있는지는 모르겠지만, 용재가 본 17평 아파트 구조는 대부분 비슷했다. 현관을 통해 들어오면 바로 왼쪽이나 오른쪽에 작은 방이 하나 있고, 몇 걸음 더 걸어가면 한쪽에는 싱크대, 반대편에는 화장실이 있다. 그리고 마지막으로 큰방 하나. 큰방은 어머니와 승희가 사용했다. 승희는 싱크대 한쪽, 어중간하게 놓여 있는 식탁에 노트북을 펼쳐놓고 있었다.

"엄마 때문에 일찍 왔어? 내가 있는데, 한잔 하지 그랬어?"

"밥만 먹었어."

"잘 있지?"

"응. 해일이 형이 너 안부 묻더라. 언제 한번 놀러 오래."

고개를 끄덕이면서도 승희의 시선은 계속 노트북을 향하고 있었다. 용재는 냉장고에서 물을 꺼내 한 잔 마셨다. 아버지가 갑자기 세상을 떠나고, 어머니는 암 2기 진단을 받았다. 그리고 유미마저 떠났다. 더블 플레이도 아닌 트리플 플레이를 당한 후, 용재는 경기를 포기했다. 공수 교체를 하러 나가야 하는데 아직도 못

나가고 있는 상황이었다. 언제쯤 다시 경기를 할 수 있을지는 용재 자신도 몰랐다. 하지 못하게 될 가능성이 컸다. 지금은 심판이 기다려주지만, 곧 몰수패가 선언되지 않을까?

"병원 말이야. 결과가 빨리 나오면 더 빨리 알려주기도 하나?"

"잘 모르겠는데. 내가 내일 전화해볼게."

5년 전, 어머니 몸에 자리 잡은 작은 덩어리는 마음의 큰 덩어리에서 떨어져 나온 것이리라. 그 덩어리 속에는 용재도 있을 것이고, 남편에 대한 그리움도 있을 것이며, 팍팍한 세상에 대한 서운함도 있을 것이다. 어쨌든 그 작은 덩어리는 5년 전에 사라졌다. 그랬던 그놈이 또 다시 어머니를 찾아왔다고 했다. 용재가 놈의 소식을 전해 들은 것은 일주일 전이었다. 의사는 항상 침착했다.

"전이가 안 됐으면 그 부분만 조직검사를 하고 나서 수술을 하면 됩니다. 그런데, 전이가 됐으면 상황이 좀 복잡해집니다. 퍼진 범위가 넓으면 수술을 못 할 수도 있습니다. 그리고 일단 전이되면 무조건 4기로 판단합니다."

판단하든가 말든가 당신 마음대로 하라고 소리 지를 뻔했다. 어차피 의사한테 최대한 공손하게 말해봤자 병이 없어진다거나 신(神)이 보증을 서주는 일 따위는 없다. 그래도 이번에 처음 겪는 두려움이 하나 있었다. 드라마나 책을 통해 수없이 들어본 익숙한 단어라고 생각했는데, 막상 들으니 겁이 났다. '전이(轉移)'. 이처럼 무서운 것이 또 있을까? 용재는 포털 검색창에 전이를 검색해봤다.

전이 : 1. 자리나 위치 따위를 다른 곳으로 옮김

2. 사물이 시간이 지남에 따라 변하고 바뀜

용재가 가진 두려움에 비해 표현이 너무 담백해서 어떻게 해야 할지 몰랐다. 그러고 보면, 용재가 하고 있는 택배 일과 전이는 비슷한 의미를 가지고 있었다. 어쨌든 생각하고 싶지 않은 잔인한 단어였다.

"오빠, 꾸부정하게 좀 다니지 마."

"내가 언제?"

"위에서 보면 노인이 걷는 거 같아. 엄마도 그랬어."

용재는 노트북에 집중하고 있는 승희의 옆모습을 바라봤다. 복학하라는 말을 언제쯤 할 수 있을까. 학교만 제대로 졸업했으면 틀림없이 어느 자리에서라도 한 가닥 했을 아이인데. 용재는 가끔씩 생각했다. 차라리 승희가 누나였으면 어땠을까 하고. 최소한 자신처럼 우유부단하지는 않았을 것이다. 그리고 50만 원을 뜯길 만큼 나약한 감정의 소유자도 아니었을 것이다.

*

사무실 안은 평소처럼 프린터 소리가 규칙적으로 울리고 있다. 태수는 자신의 자리에서 통화 중이었다.

"신경 안 써도 된다니까. 내가 알아듣게 말했으니까, 앞으로는 잘할 거야. 형은 딴 생각하지 말고 원래대로 하면 돼. 지금 갖다 달라는 사람은 밀렸는데 적당한 사람이 없으니까 말이지. 나도 알아보고 있어. 일반 택배 기사 중에서 고르고 있으니까, 그 전까지는 얘들 좀 써야지, 뭐. 그럼 어떡해?"

태수는 통화를 끝내고 생각에 잠겼다.

"서 대리, 고민호 신상 정보 줘봐."

미란은 자신의 책상 서랍에서 파일을 꺼내 태수에게 건넸다. 파일 안에는 민호의 주민등록등본, 가족관계증명서, 은행부채증명서, 김밥 가게 사진과 가게 안에서 일하고 있는 민호 부부의 사진 등이 들어 있었다.

"특송팀으로 옮기시게요?"

미란의 질문에 태수는 아무런 말이 없었다. 계속 민호의 신상 정보를 볼 뿐이었다.

*

민호가 야간 택배 일을 시작한 이후, 김밥 가게에는 부부만의 룰이 생겼다. 누가 먼저 의견을 제시한 것은 아니었고 그야말로 하다 보니 그렇게 굳어진 것이다. 새벽에 일을 마친 민호가 가게로 가 그 전날 주문한 음식 재료를 들여놓고 간단하게 손질해둔다. 마지막으로 쌀을 씻어 대형 밥솥 안에 넣고 예약 버튼을 누르고 집으로 와 잠을 청한다. 비슷한 시간에 선아가 일어나 아이들을 깨운 뒤, 학교 보낼 준비를 모두 마치면 8시가 된다. 작은아이는 아파트 동 앞까지 오는 유치원 버스에 태워 보내고 큰아이는 함께 걸어서 초등학교에 바래다준다. 가게는 큰아이 학교에서 걸어서 10분 거리에 있다.

손이 빠른 선아는 모든 김밥 재료를 만들어내는 데 30분이 채 걸리지 않는다. 그리고 바로 김밥 말기에 들어간다. 민호가 야간일을 하기 전에는 출근 손님을 위해 7시에 문을 열었다. 하지만 아이들 등교 문제도 그렇고, 민호도 잠을 자야 하기 때문에 어쩔수 없이 오픈 시간을 늦추게 되었다. 오전 한두 시간의 수입보다는 야간 택배의 수입이 더 많으니, 언제까지일지는 몰라도 계속 이렇게 생활할 수밖에 없었다.

점심시간 전까지 대부분은 김밥을 포장해가는 경우가 많았고, 드문드문 라면을 먹는 손님이 몇 명 있을 뿐이었다. 하지만 아무리 규모가 작고 동네 장사라고 해도 점심 때는 손님이 몰렸다. 그렇기 때문에 민호는 11시쯤에 가게에 나와 가장 붐비는 시간을 선아와 함께했다. 그렇게 점심시간이 끝나고 손님이 뜸한 시간이 되면 선아는 다시 가게를 나서야 했다. 큰아이가 하교할 시간이기 때문이다. 아이를 집에 데려다놓고, 아침에 못한 집안 정리를 한 뒤 다시 가게로 나왔다. 그리고 다시 저녁 손님을 받고 선아가 먼저 집에 가면 유치원 통학버스에서 내리는 둘째를 만날 수 있었다. 가끔 가게 일 때문에 퇴근이 늦어지면 큰아이가 동생을 데려오기도 했다. 두 살 차이였지만 어쨌든 언니는 언니였고, 동생은 동생이었다. 의젓해서 보기는 좋았지만 이상하게 뭔가 안타깝고 마음이 아팠다. 민호를 기다렸다가 온 가족과 함께하는 늦은 저녁은 민호에게 있어 하루 중 가장 행복한 순간이었다. 그 순간이 끝나고 집을 나서면 택배 기사로서의 일이 기다리고 있었다.

*

어니스트 택배의 밤 10시는 하루 중에서 가장 활기찬 시간이었다. 주간 택배는 아예 없었기 때문에 어니스트 물류센터는 낮이 밤이고, 밤이 낮이었다. 오늘도 나란히 차를 세운 용재와 민호는 담당 배송지가 적힌 카트에서 물건을 차로 옮기고 있었다. 용재에게 배정된 물건은 85개였다. 스마트폰으로 지도를 검색해보니 아파트가 많은 지역이었다. 어떻게 움직이는가에 따라서 빨리 끝낼 수도 있을 것 같았다. 그때 방송이 흘러나왔다. 미란의 목소리였다.

"고민호 기사님, 사무실로 와주세요."

스피커를 통해 듣는 목소리는 실제보다 더 사무적으로 들렸다. 미란이 민호를 찾는 것은 아닐 것이고, 태수가 찾는 것이겠지. 용재는 사무실로 가는 민호의 뒷모습을 보다가 조금 더 빠른 속도로 물건을 차에 싣기 시작했다. 민호가 사무실에서 나와 바로 움직일 수 있도록 민호의 물건도 실어놓을 작정이었다.

*

태수를 바라보는 민호의 눈이 커졌다.

"그러니까 제가 원하면 특송팀 기사가 될 수 있다는 겁니까?

"네, 맞습니다. 그동안 열심히 하신 거 저희도 다 알고 있습니다. 그래서 특별히 제안을 드리는 겁니다."

"하고 싶습니다."

민호는 기회가 사라지기라도 할 것처럼 급한 마음에 얼른 대답했다.

"궁금하신 게 있으면 물어봐도 됩니다."

"특송팀은 택배 차가 지급된다는 것 정도만 알고 있습니다. 나머지는 제가 잘 몰라서 그러는데, 품목이 주로 어떻게 됩니까?"

"다양합니다. 개인 거래용 물품이라고 보면 됩니다. 특별히 주의해서 운반해야 될 물품들이라고나 할까요?"

"파손 때문에 그런 건가요?"

"파손 때문에 그렇다기보다는 물품 가격이 높아서 그렇습니다. 그래서 일반 배송으로는 주고받을 수가 없는 겁니다. 작게는 몇백만 원부터 시작해서 몇천만 원까지 있습니다. 일반 배송으로 전달하기에는 위험이 크겠죠?"

민호가 잠시 고민하는 듯하자, 태수가 재빠르게 말을 덧붙였다.

"고가의 물건들이기 때문에 수수료도 높습니다."

기본적으로 하나를 배송하면 5만 원의 수수료를 받게 되고, 물

건에 따라 10만 원, 20만 원 혹은 그 이상도 받을 수 있다는 설명
이 이어졌다. 태수는 민호의 머릿속에서 가동 중인 계산기의 숫
자를 읽고 있었다. 일반 배송의 50배, 100배 이상의 금액이라니.
하루에 한두 개만 해도 큰 금액이었다. 태수는 몇 가지 주의사항
을 얘기했다.

"받는 사람 대부분은 요란스럽지 않게 물건을 받고 싶어 합니
다. 아주 조용히 받고 싶어 한다는 말이죠. 그리고 물건을 전해주
는 것과 동시에 물건 값을 받아야 합니다. 물건을 보내주는 곳의
세금 문제 때문에 그렇습니다. 민호 씨도 가게를 하니까 잘 아시
죠? 카드로 결제를 하거나 계좌이체를 하게 되면, 그대로 매출로
잡혀서 세금을 많이 내야 하죠. 그래서 우리는 택배 업무와 함께
업체를 대신해서 물건 값을 받아주는 역할까지 합니다."

민호는 그럴 수도 있다는 듯, 태수의 말에 고개를 끄덕였다. 태
수가 소파에 앉은 채로 미란을 향해 고갯짓을 하자 미란이 누군
가에게 문자를 보냈다. 잠시 후 사무실 안으로 한 남자가 들어왔
다. 특송팀장이었다. 팀장은 작은 박스를 손에 들고 있었다.

"팀장님, 여기 계신 고민호 씨가 특송팀으로 가게 됐습니다. 서
로 인사하시고, 앞으로 잘해드리세요."

"알겠습니다. 잘해봅시다."

민호는 팀장이 내민 손을 잡았다. 덩치가 큰 만큼 팀장의 손도
민호의 손을 다 덮어버릴 만큼 거대했다. 민호의 눈에 팀장의 옷
소매 안쪽에서부터 손등까지 삐져나온 문신이 보였다. 팀장은

민호의 시선을 의식한 듯 옷소매를 한 번 흔들었다.

민호가 사무실 밖으로 나가자 팀장이 민호가 앉았던 자리에 앉았다.

"되게 좋아하는데요?"

"돈 번다는데 안 좋겠어?"

팀장은 박스 윗부분을 연 다음, 태수의 앞으로 옮겨놓았다.

"무게 달아봤어?"

"네, 확인해봤습니다. 맞습니다."

태수는 박스 안을 들여다보다가, 미란을 부른 뒤 박스를 가리켰다. 미란은 박스를 자기 책상으로 가지고 갔다.

"고민호가 데려온 차용재라고 있어."

"봤습니다. 항상 붙어 다니던데요."

"잘 살펴봐. 여러 가지로 형편이 안 좋아. 돈 좀 쥐여주면 다 하겠던데."

"그렇습니까? 근데 애가 영 매가리가 없어 보여서."

"그러니까 딱이라는 거야. 시키면 시키는 대로 하고 좋잖아? 머리가 나빠 보이진 않으니까, 잘할 거 같기도 하고."

미란은 배송지 주소를 입력시키느라 자판을 두드리고 있었지만 신경은 온통 태수와 팀장의 대화에 가 있었다. 미란은 책상에 놓인 파일로 시선을 돌렸다. 파일 속에는 용재의 신상 정보가 들어 있었다. 특히 은행 채무확인서와 신용불량에 대한 서류가 가장 먼저 미란의 눈에 들어왔다. 미란은 용재의 파일을 덮었다.

"애들 교육 잘 시켜. 괜한 짓들 하지 말고."

"알겠습니다. 근데, 애들이 몸이 근질근질하다고들 해서……."

팀장은 무심코 말을 하다가 태수가 자신을 노려보고 있음을 알고는 말을 멈췄다.

"사람의 신체 중에서 어디가 가장 위험한지 알아?"

괜히 태수의 심기를 건드리고 말았다. 팀장은 질문에 대한 답을 찾아보았지만 어떤 것도 떠오르지 않았다.

"요 입이야, 입!"

태수는 팀장의 입술을 손바닥으로 여러 번 때렸다.

"위험하겠어, 안 하겠어?

"위험합니다. 잘못했습니다."

태수는 소파에 몸을 기대 숨을 한 번 고른 뒤, 차분한 음성으로 말했다.

"일할 수 있다는 것에 감사해야지."

"감사합니다!"

태수는 팀장의 멱살을 잡아끌어 자신의 얼굴 가까이 대고 속삭이듯 말했다.

"특별 서비스, 직접 한번 경험해볼래?"

*

용재가 새벽 배송을 한 지도 일주일이 지났다. 처음 할 때와 비교하면 당황스러운 순간이 많이 줄어들기는 했지만, 완전히 없어질 만큼 노련해진 것은 아니었다. 매일 작으나마 새로운 경험을 꼭 하나씩은 했다. 그렇다고 일이 익숙해지기를 기다리지는 않을 것이다. 그 전에 적당한 일이 있으면 그만둘 생각이었다. 밤낮이 바뀐다는 것이 생각보다 쉽지 않았다. 마음도 그랬고, 몸도 그렇게 반응했다. 특히 어둠 속에서 운전하는 동안 그렇게 생각이 많아질 줄은 몰랐다. 밤이라서 그런 건지, 혼자라서 그런 건지. 둘 다일 수도 있었다. 생각이 많아지면 꼭 하기 싫은 생각이 들이닥친다. 해서는 안 될 생각을 하고, 떠올리지 말아야 할 사람을 떠올렸다. 밀어내면 밀어낼수록 생각은 머릿속 깊이 박혔다. 그놈의 생각. 놈과 사투를 벌이는 동안, 아파트 단지에 도착했다. 이제부터 생각보다는 눈에 의지해서 다녀야 할 시간이었다.

지상 주차장이 없는 아파트라서 단지 안으로 들어가지 않고 정문 근처 차도에 주차했다. 운반 수레를 꺼내 아파트에 배달할 물건을 한꺼번에 올려놓았다. 모두 15개. 용재는 차에 실린 나머지 물건들을 살펴봤다. 100개 정도를 가지고 나왔는데, 아파트 단지마다 중복되는 물건이 유난히 많은 날이라서 빨리 끝날 것 같았다.

용재는 수레를 끌고 아파트 단지로 들어갔다. 수레를 끌 때도 주의해야 했다. 엊그제는 수레를 끌 때마다 삐걱 소리가 난다고 경비 아저씨한테 한소리를 들었다. 물건을 운반하는 몇 분 사이에 경비실로 항의 전화가 왔다니. 빠르다. 밤이 더 빠르고, 조용한 것이 더 빠르다. 세상은 조용할수록 민감해지고 시끄러울수록 둔감해진다. 민감한 것이 부정적이라는 것은 아니지만 긍정적인 것도 아니다.

　용재는 가까운 동부터 물건을 돌리기 시작했다. 택배를 하면서 가장 운이 좋은 순간은 같은 집에 여러 개의 물건을 가져다줄 때였다. 용재는 한 번에 최고 5개까지 같은 집 앞에 놓아둔 적이 있었다. 오랜만에 타인의 행복을 기원하는 순간이었다. 이 아파트 단지는 바닥이 평탄해서 수레도 불평을 하지 않았다. 용재는 마지막 물건을 수레에 싣고, 아파트 동과 동 사이에 난 길로 걸어갔다. 마지막 종착지를 향한 지름길이었다. 어둠과 함께 건물 그림자까지 더해지면서 아무것도 보이지 않았다. 걸음을 재촉해서 그곳을 빠져나오는 순간, 벤치에 앉아 있던 남자와 눈이 마주쳤다. 용재도 놀랐지만 불쑥 등장한 용재 때문에 남자도 놀란 눈치였다.

　"깜짝이야! 뭘 봐? 안 꺼져?"

　용재는 최대한 담담한 표정을 지어보려고 했지만, 남자의 덩치나 목소리 톤이 범상치 않았다. 마지막 물건을 배송하려면 남자의 앞을 지나쳐야만 했다. 남자로부터 시선을 거두고, 천천히 걸음을 옮겼다.

　"어?"

　그 상황에 나와야 할 소리가 아니었지만, 어쨌든 남자는 그런 소리를 냈다. 용재는 남자를 돌아봤다.

　"아이고, 같은 식구시네?"

용재가 남자를 찬찬히 살펴보니, 남자 역시 어니스트 조끼를 입고 있었다.

"난 또 도둑놈인가 했어요. 깜깜한 데서 갑자기 튀어나와서."

"아, 네. 이 길이 좀 빨라서요."

남자의 무릎 위에는 작은 택배 박스가 놓여 있었다. 오늘 이 아파트 단지의 담당자는 용재다. 따라서 그 남자는 특송팀인 것이다. 그런데 왜 배달을 하지 않고 벤치에 앉아 있을까? 용재는 궁금했지만, 물어보고 싶지는 않았다.

"수고하세요."

용재는 남자를 지나쳐 단지 입구에 있는 동으로 걸음을 옮겼다. 그때, 특송팀 남자에게 전화가 걸려왔다.

"여보세요? 놀이터 벤치에 있습니다. 알겠습니다. 그쪽으로 가겠습니다."

통화하는 소리가 멀어져 갔다.

용재는 아파트 공동현관으로 들어가 엘리베이터를 타고 4층으로 올라갔다. 마지막 배달 물건을 문 앞에 두고, 엘리베이터를 타려다가 반대쪽으로 걸어가 계단 창문 앞에 섰다. 특송팀 남자가 걸어가는 것이 보였다. 잠시 후, 모자와 마스크를 쓴 남자가 어둠 속에서 튀어나왔다. 남자는 계속해서 주변을 두리번거렸다. 특송팀 남자가 박스를 건네자, 모자를 쓴 남자는 봉투를 건넸다. 두 사람은 바로 등을 돌리더니 반대 방향으로 빠르게 걸어갔다. 역시 일반 배송과는 전혀 다른 전달 방법이었다. 봉투를 주는 걸로 봐서 착불인 모양이었다. 역시 특별배송은 뭐가 달라도 달랐다. 이 새벽에 밖으로 불러내서 착불 요금을 받다니. 하긴, 험악한 특송 기사의 얼굴을 보면 왜 불러냈는지 따지거나, 착불 요금을 못 주겠다고 고집을 부리는 것은 애당초 힘들 듯했다.

*

어둠이 가셨지만 아직 일출 전이라 새파란 기운이 감돌고 있었다. 세상이 흑백에서 서서히 컬러로 바뀌는 순간이다. 왕복 6차선 도로, 길 양쪽으로는 창고와 공장이 보였다. 식당이 공동으로 사용하는 넓은 주차장이 있었고, 감자탕집과 순댓국집, 갈비탕집 간판이 나란히 붙어 있었다. 순댓국집 앞쪽에 3대의 차가 주차되어 있고, 그중에 용재의 승합차도 있었다. 24시간 순댓국집 안에는 두 팀의 손님이 있었는데 한 팀은 혼자서 밥을 먹고 있는 젊은 남자였고 또 한 테이블에는 용재와 민호, 그리고 도건이 앉아 있었다.

"새벽에 만나니까 더 반갑다."

민호가 도건에게 한마디 건넸다.

"이렇게 안 하면 두 분을 만나뵐 수가 있어야 말이죠."

세 사람은 김이 모락모락 피어나는 순댓국을 먹기 시작했다. 같은 메뉴라도 식당마다 약간씩은 재료가 다르고 조리법도 다른 법이다. 이 집의 순댓국은 용재가 자주 가는 집에 비해 비계가 많은 편이었다. 하지만, 나름대로 삶는 비법이 있는지 느끼한 맛은 없었고, 오히려 담백하고 고소했다. 도건에게는 하루의 시작이었고 용재와 민호에게는 하루를 마감하는 시간이었다.

"그러니까 힘든 데가 있고 쉬운 데가 있다 이거지? 완전 복불복이네?"

꽤 오래 택배 일을 한 민호뿐 아니라 일주일 경력의 용재도 알고 있는 사실이었다. 아파트가 많은 곳으로 지정되면 일이 수월했다. 게다가 30층 이상의 고층 아파트라면 더 좋았다. 엘리베이터를 타고 다니며 한 동에서만 여러 개를 배달할 수 있기 때문이다. 반대로 단독주택이나 빌라가 많은 지역은 이동 범위도 넓었고, 특히 엘리베이터가 없어서 몇 배로 힘이 들었다. 그렇다고 개당 수수료가 많은 것도 아니었다.

"너희 지점에서 어디가 제일 좋은데?"

민호는 몇 개 지역을 말하다가, 그중에서도 가장 괜찮은 곳으로 일산 서구의 '마정1구역'을 꼽았다. 40층 이상의 아파트로 조성되어 있고, 단지마다 거의 3천 세대가 넘기 때문에 배달 물건 100개 정도는 바로 끝낼 수 있다고 했다.

"그래? 내가 좀 도와줄까?"

도건은 테이블 위에 손가락을 올리고, 키보드 두드리는 시늉을 했다.

"해킹?"

"야, 어차피 공정하게 한다고 말만 그러는 거지, 다 조작하는

거야. 조금이라도 더 친한 사람한테 좋은 구역 주는 게 당연한 거
아냐?"

"좀 믿고 살아라."

"컴퓨터는 믿지. 인간을 못 믿는다, 이거지. 하여튼 아까 말한
그 동네가 걸리면 좋다는 거지?"

어차피 민호는 특송팀으로 갈 예정이었기 때문에 해당 사항이
없었다. 도건은 용재에게 걱정 말라며 큰소리를 쳤다. 마치 인생
을 바꿔줄 것 같은 기세였다.

"걱정할 거 없어. 이런 건 해킹도 아니야. 그리고 누가 했는지
아무도 몰라."

"그래, 용재 좀 도와줘라. 근데 너 잘 기억해야 돼. 일산 마정으
로 해야지, 파주 마정으로 하면 곤란하다. 거기는 진짜 범위가 넓
어요. 물건 하나 때문에 한 시간 가는 데야. 도건이 너, 잘못하면
도와주는 게 아니고 오히려 죽이는 거야."

용재는 갑자기 불안해졌다. 자신이 아는 사람 중에 가장 실수를
많이 하는 사람이 도건이었다. 그런 도건이 가장 불안해 보일 때
는 자신이 뭘 하겠다고 큰소리 칠 때였다. 지금처럼 말이다. 아무
것도 안 하는 게 가장 크게 도와주는 것이었다.

"걱정 마. 파주 마정으로 제대로 해줄 테니까. 아니지, 일산 마
정."

아니나 다를까 도건의 실수에 용재와 민호는 큰소리로 웃었
다. 내일부터 민호는 특송팀에 합류하기 때문에 물류센터에서 만

나더라도 얘기할 시간이 별로 없을 것 같았다. 용재는 민호의 얼굴에서 특송팀에 합류하는 기분을 읽을 수 있었다. 물건의 수는 적어도 수수료 자체가 높아서 일을 빨리 마치고도 돈은 더 벌 수 있다고 했다. 세 사람은 식당 밖으로 나와 각자의 차로 걸어갔다. 차에 타기 전, 용재는 도건에게 한마디 했다.

"진짜로 해킹할 건 아니지? 하지 마."

"응, 알았어."

도건은 시원하게 대답한 만큼 시원하게 사고를 칠 것이다.

"하지 말라고, 새끼야!"

"알았다니까, 쫄기는. 빨리 들어가 잠이나 자."

*

작은 사무실은 3단 선반이 공간의 대부분을 차지했다. 선반에는 모니터를 비롯해 각종 컴퓨터 부품이 놓여 있었다. 도건은 모니터를 뚫어지게 바라보면서 키보드를 눌렀다. 모니터에 어니스트 택배 홈페이지가 떴고, 도건은 계속해서 뭔가를 반복적으로 입력했다. 모니터 화면에 '일산 지점 일반 배송 구역 지정' 파일이 나타났다. 도건은 파일을 클릭해서 내용을 살폈다. 2주 차와 3주 차 파일을 연 다음, 지역명을 눈으로 훑었다. 도건의 눈에 '마정 1구역'이 들어왔다.

"이럴 줄 알았다니까. 몇 명은 계속 같은 데만 가도록 해놨네.

용재야, 너는 잠이나 실컷 자면 된다. 형이 알아서 해줄게."

도건은 웃음 띤 얼굴로 키보드를 두드렸다. 작업을 마치고 홈페이지에서 나가려던 도건의 눈에 파일 몇 개가 들어왔다. 누군가의 졸업증명서, 그리고 사업자등록증을 비롯한 각종 서류들이었다.

"다 위조한 거네? 뭐야, 이 저질 퀄리티는. 연습해본 건가?"

도건은 다른 폴더를 열어 그 안에 든 파일들도 읽어보기 시작했다. 대부분 암호가 걸려 있었지만, 어렵지 않게 암호를 풀 수 있었다. 도건이 볼 때 별다른 건 없어 보였다. 그저 지역 표시와 함께 날짜별로 이름과 금액이 쓰여 있을 뿐 상세한 내용이나 연락처는 보이지 않았다. 도건은 창 쪽으로 의자를 돌리고 눈을 감았다. 그러다 다시 책상에 몸을 붙이고 키보드를 두드리기 시작했다.

궁금해하지 말 것

　강수와 태수 형제는 어려서부터 충남 일대에서 유명했다. 다른 건 몰라도 깡다구 하나는 알아주는 형제였다. 그들만의 세계에서 형제는 성공한 축에 속했다. 그 비결을 굳이 알아보자면 좋은 쪽으로든 나쁜 쪽으로든 자신들의 성향에 맞는 진로를 빨리 결정한 것이라고 볼 수 있었다. 분야를 막론하고 자신에게 꼭 맞는 진로를 찾는 것이 성공의 키 포인트라는 사실을 다시 한번 보여준 사례라 하겠다. 공부와는 인연이 없다고 판단한 형제는, 둘 다 중학교를 마지막으로 교육부의 관리에서 벗어났다. 그 이후 그들은 법무부와 경찰청의 특별한 관심 속에 성인식을 맞게 되었다. 성인식을 기념하는 꽃다발이나 키스를 받지는 못했다. 만약, 그때 성대한 축하를 받았다면 어땠을까? 좀 더 바른 어른이 되었을까?
　강수가 스무 살, 태수가 열여덟 살 때, 이미 그 지역에서는 어느 누구도 형제를 만만하게 보지 않았다. 만약 함부로 하는 사람이 있었다면 그건 형제가 그 사람으로부터 뭔가를 받고 있었다는 이야기이며, 그래서 일부러 그 사람을 존중해주는 척했다고 볼 수 있다. 형제는 20대 중반에 수십 명을 거느린 조직의 우두머리가 되었다. 그 누구도 관리해달라고 하지 않았지만, 무엇이든 무조건 그들에게 관리를 받아야만 했다. 조직의 입장에서는 관리에 따른 비용을 청구한 셈이었고 가게의 입장에서는 불필요한 지출일 뿐이었다. 하지만 잔혹하면서도 머리 회전이 빠른 태수는 상대방의 약점을 이용하거나 거센 협박을 통해 세력을 점점 키워나갔다. 택배 사업에 대한 아이디어도 태수가 제안한 것이었다. 일반 배송은 사람들의 눈을 속이기 위한 것이었고, 특별 배송이 택배 사업의 진짜 목적이었다.

은밀하게 홍보를 한다는 것은 말 자체에 모순이 있었지만 실제로 그렇게 했다. 형 강수는 조직원들을 통해 은밀하지만 상대에게 노골적인 압박감을 주는 홍보를 했다. 그렇게 손님을 유치하면 동생 태수가 물건을 보내주는 방식이었다. 물건은 점차 다양해졌다. 시간이 지나면서 서비스 용역 분야로까지 범위를 확장시켰다. 너무 문어발식이 아니냐는 강수의 걱정도 있었지만 늘 그렇듯 태수는 자신만만했다. 물건만 주고받는 특별배송은 단순히 주문하는 것으로 모든 과정이 끝났지만, 특별 서비스를 제공받기 위해서는 태수와 통화를 해야만 했다. 일종의 상담이라고 봐야할 것이다. 이 상담을 받아본 사람들은 하나같이 감탄할 수밖에 없었다. 사람을 죽이는 방법이 그렇게 다양하다는 사실을 처음 알았기 때문이다. 상담을 받고서 서비스를 거부하는 사람은 지금까지 없었다. 태수의 영업 능력이 워낙 좋은 탓이었다. 상담까지 받고도 서비스를 거부하면 세상에서 사라질 수도 있다는 위협이 도사렸다. 실제로도 충분히 그럴 수 있었다. 태수의 사업에 대한 열정은 그만큼 컸다.

특별배송으로 운반되는 물건의 품목이 한정적인 데 반해, 특별 서비스는 그 영역이 점점 넓어졌다. 태수의 말대로 아이디어가 돈이 되는 시대였다. 강수는 태수가 믿음직스러웠다. 어려서부터 태수의 좋은 머리를 이용해 항상 경쟁자들보다 한발 앞서 나갈 수 있었다. 강수는 보통 2주에 한 번 현금을 수거하기 위해 태수를 만나러 갔다. 특별배송과 특별 서비스가 무엇보다 좋은 이유는 현금 장사라는 것이었다. 손님 입장에서도 어차피 카드나 계좌이체를 할 수는 없었다. 어떤 기록이라도 남지 않는 것이 좋았기 때문이다. 가끔 카드 할부가 왜 안 되느냐고 우기는 인간이 있기는 했다. 잘하면 국세청에 민원이라도 넣을 기세였다. 어디에나 있는 몰상식한 인간이었다. 태수는 이들을 가리켜, 4차 산업의 발전을 저해하는 걸림돌 같은 존재라고 했다.

*

넓은 사무실 안에는 갖가지 장식품이 벽에 걸려 있거나 진열

되어 있었다.

'대표 김강수'. 일반적으로 보기 힘든 거대한 크기의 책상, 그 위에 명패가 놓여 있었다. 강수는 책상 앞 소파의 상석에 앉았고, 양쪽으로 남자들이 한 명씩 앉았다.

"전무님이 불러서 올라간 애들은 언제 내려옵니까? 여기도 바빠서."

"특송 물건이 많아서 그래. 아무한테나 맡길 수도 없고. 일반 택배 기사들 중에서 계속 뽑고 있다니까 기다려 봐."

한 남자가 자신이 맡은 업소의 매출을 강수에게 보고했다. 손님들에게 카드 대신 현금 결제를 적극적으로 유도하고 있지만, 쉽지 않다는 내용으로 마무리 지었다. 이번에는 건너편에 앉은 남자가 특별배송과 특별 서비스 홍보에 대한 이야기를 꺼냈다. 조직원들은 물론이고 관리하는 업소의 종업원들에게 계속해서 손님을 확보하도록 정기적인 교육을 실시한다고 했다. 그와 함께, 손님을 유치한 사람에게 지급되는 수수료를 지금보다 조금 더 올려주면 어떻겠냐는 개인적인 의견도 보탰다. 남자의 얼굴에 자신이 뭔가 열심히 노력하고 있고, 좋은 의견을 제시했다는 자부심이 드러났다.

"지난번에 태수하고 얘기한 건데, 업종을 지금보다 더 다양하게 하기로 했어."

"다양하게요?"

"쉽게 설명하자면 영역을 넓힌다 이거야."

"어디 애들을 치실 생각이십니까?"

강수는 질문을 한 남자를 향해 스마트폰을 던질 듯이 팔을 올렸다가 감정을 꾸욱 누르듯이 다시 얌전히 내려놓았다. 몸을 돌리며 피하던 남자는 강수에게 고개를 숙였다.

"죄송합니다."

"제발, 나의 품위를 좀 지켜줘. 잘 들어. 다른 애들 구역을 접수하겠다는 게 아니야. 물건이나 서비스의 종류를 다양하게 하겠다는 거지."

강수는 두 남자를 향해 업종의 다양화와 관련된 이야기를 늘어놓았다. 배송할 수 있는 물건 목록에 사람도 추가했다고 하자, 남자들의 눈이 동그래졌다. 강수는 자신이 원하는 반응이 나오지 않자 작게 한숨을 내쉬었다. 남자 하나가 박수를 치기 시작했다. 나머지 한 명도 박수를 치는데, 어느새 두 남자는 서로 경쟁이라도 하듯 점점 빠르고 크게 박수를 쳤다. 강수는 만족한 표정으로 고개를 끄덕였다.

"수수료가 높으니까, 이용할 사람들 잘 모아보라 그래."

강수는 손님을 많이 모아오는 사람은 영업력이 좋은 것으로 판단해서 차후 있을 승진 심사에 적극 반영하겠다는 말을 남겼다.

*

대학병원은 항상 많은 사람이 출입하는 곳이었다. 이미 환자인 사람들은 입원이나 통원치료를 위해 병원을 찾았고, 예정 환자인 경우에는 최종 진단을 받기 위해 병원을 찾았다. 의사의 선언에 따라 하늘이 무너지느냐 아니냐가 결정됐다. 결과가 절망적이면 절망적일수록 의사의 말은 절대적이 되어, 결코 거역해서는 안 될 것처럼 느껴진다. 하지만 꼭 그런 사람들만 있는 것은 아니었다. 용재처럼 의사 알기를 아주 우습게 아는 사람도 생각보다 많았다. 아니, 의사를 우습게 안다기보다는 그 위대하고 찬란한 발전을 가져왔다는 현대 의학 자체가 우스웠다. 그런 대단한 현대 의학 님이 왜 죽어가는 사람을 보고만 있는지 용재는 이해할 수 없었다. 모르는 것은 왜 또 그렇게 많은지. 정말 다시 오고 싶지 않았지만, 다시 왔다. 용재는 승합차를 병원 1층 주차장에 세웠다.

"나오지 말고 잠깐 기다려요."

용재는 승합차 뒷문을 열고 접혀진 휠체어를 꺼내 옆으로 활짝 폈다. 세상사 모든 것이 그렇듯이, 휠체어에게도 얕보이면 안 된다. 휠체어도 누군가 자신을 사용하는 데 있어 서툴다는 것을 눈치 채면 그 사람의 말은 듣지 않는다. 버티고 버티면서 오히려 인간을 길들였다. 하지만 5년의 경험이 있는 용재에게는 통하지 않을 말이었다. 용재가 조수석 문을 열자, 어머니가 천천히 다리를 차 밖으로 내놓았다. 그 동작과 함께 자동으로 신음소리가 따라왔다. 용재는 어머니를 들어 올려 휠체어에 앉혔다. 발판을 펴서 발을 판 위에 올려놓고, 바퀴를 잡고 있는 브레이크를 풀어 병원

검진동 입구로 걸어갔다. 용재는 하나마나한 질문이라는 걸 알면서도 항상 똑같은 질문을 했다.

"불편한 거 없어요?"

"없어. 나야 가만히 앉아 있는데 뭐가 힘들어? 뒤에서 미는 사람이 힘들지."

어머니의 말이 맞다. 뒤에서 미는 사람이 힘들다. 마음이, 참 힘들다.

태수는 병원 1층 주차장에 세워진 차 안에 앉아 있었다. 용재를 발견한 순간부터 휠체어를 밀면서 병원 안으로 들어갈 때까지, 두 사람을 바라봤다. 부모를 휠체어에 태워서 밀어주는 건 어떤 기분일까? 부모가 자식의 휠체어를 밀어주는 것보다는 나을까? 택배 기사로서의 용재는 약간은 어리바리한 면이 있었다. 대화를 나눌 때나 일을 할 때도 시원시원한 스타일은 결코 아니었다. 그런데 낮에 본 용재는 전혀 다른 느낌이었다. 가장으로서의 굳건함이 물씬 풍겼다. 태수는 거기서 멈추지 않고 용재의 마음속에 감춰진 고단함까지 관찰할 수 있었다. 태수가 보기에 용재는 버거운 짐을 둘러매고 있었고 누군가 손 내밀어 주기를 간절히 바라고 있는 듯했다. 인간은 모두 똑같다.

잠시 후, 태수가 탄 승용차 옆으로 한 남자가 다가왔다. 태수가 운전석 창문을 아래로 내리자, 남자가 고개를 숙이며 말했다.

"나오고 있답니다."

태수가 고개를 끄덕이자 남자는 근처에 있던 승합차로 다가가 차체를 몇 번 두드렸다. 승합차 한 대와 여러 대의 승용차에서 모자와 마스크로 얼굴을 가린 남자들이 내렸다. 남자들은 일제히 병원 건물 입구로 다가갔다. 40대 중반의 남자가 건물 밖으로 나오고 있었다. 남자가 미리 대기하고 있던 승용차에 오르기 직전, 얼굴을 가린 남자들이 달려들었다. 운전기사와 수행원, 그리고 병원 보안요원들이 맞서보았지만 일방적으로 당하기만 할 뿐이었다. 결국 병원에서 나온 남자를 강제로 태운 뒤 승합차는 그대로 출발했고, 얼굴을 가린 남자들도 각자 차를 타고 병원을 빠져나갔다. 건물 입구는 쓰러진 사람들과 이들을 옮기는 의료진들로 소란스러웠다. 태수는 그 장면을 보면서 문득, 만일 병원에서 직접 작업을 하게 된다면 심각한 부상을 입혀도 괜찮겠다는 생각이 들었다. 저렇게 바로 치료해줄 테니까. 역시 현장에 오면 배울 게 많다.

"첫 번째 서비스 완료했습니다. 두 번째까지 마치면 또 전화드리겠습니다."

태수는 의뢰인과 통화를 마친 뒤, 바로 미란에게 전화를 걸어 이번 건에 대해 비용을 청구할 때 본인의 현장 출장비도 추가하라는 말을 남겼다. 야산팀장에게 미리 구덩이를 파놓으라고 지시하는 것도 잊지 않았다. 이번 특별 서비스처럼 1차와 2차가 결합된 코스가 태수 입장에서는 가장 좋은 형태였다. 어느 한쪽만 하게 될 경우, 자신들은 완벽하게 일을 끝냈음에도 불구하고 다른 쪽을 작업한 팀―다른 조직―때문에 나쁜 일로 엮이게 될 수도 있었다. 처음부터 마무리까지 한 팀이 하는 것이 가장 깔끔했다.

*

　태수는 사무실로 돌아가는 내내 생각했다. 부모나 자식, 또 형제라는 존재가 인간에게 어떤 영향을 끼치는지에 대해서였다. 부모가 뭐라고, 자식이나 형제가 뭐라고 그 따위 관계 때문에 자신의 인생을 희생하겠다는 거지? 그 관계란 건 어차피 자신이 정하는 것도 아니고, 태어날 때부터 이미 정해진 것이다. 태어났으니 대충 살다가 죽겠다는 건지. 차라리 좋지 않은 환경—이를테면 아픈 부모를 보살펴야 한다든지, 자식이나 형제를 도와줘야만 하는—에서 허우적거릴 게 아니라 과감하게 뛰쳐나와 거칠게 살아야 하는 거 아닌가? 그래서 성공하면 그때 도와주든가 말든가 하면 되지 않은가? 한 사람이 자기 살고 싶은 대로 산다고 해서 나머지 사람이 죽는 것도 아니고, 어떻게라도 살겠지. 다 같이 죽도 밥도 아닌 인생을 꾸역꾸역 살아가는 게 맞는 것인가? 이런 태수의 생각에 누군가는 다음과 같이 말할 수도 있을 것이다.

　"당신은 정상적인 가정에서 자라지 않아서 그렇다."

　그 질문에 대한 태수의 대답은 '까고 있네'다. 그 말대로라면 정상적인 가정에서 자란 사람은 모두 가족을 위해 자신을 희생해야 한다. 하지만 실제로는 그렇지 않다. 태수에게 희생이란 대단한 이유나 가치관이 있어서가 아니라 그저 그 사람의 성향일

뿐이었다. 사람은 누구나 보다 큰 것, 보다 중요한 것을 선택하게
되어 있다. 본인의 인생을 가장 중요하게 생각하는 사람은 가족
보다는 자신의 인생을 선택한다. 마찬가지로 가족을 위해 희생
하는 것도 가족을 위해서가 아니라 결국 나를 위한 선택일 뿐이
다. 마음속으로는 자신의 인생을 살고 싶지만, 인간적인 도리를
외면했다는 비난을 받고 싶지 않아서—받는 것이 두려워서—희
생이라는 쪽을 선택했다는 것이 태수의 생각이다. 그들은 위선
자들이며 겁쟁이고 새가슴이다. 고민호나 차용재 같은 부류들이
그렇다. 자신이 선택했을 뿐임에도 '희생'이라는 가면을 쓰고, 마
치 크게 선심을 쓰는 것처럼 살아가는 밥맛없는 놈들. 만일 자신
이 곧 죽을 위험에 처해도 과연 그럴까? 태수가 그동안 봐온 바
로는 죽음 앞에서 타인을 생각하는 인간은 없었다. 그렇다고 해
서 고민호나 차용재 같은 스타일이 모두 없어지기를 바라는 것
은 결코 아니다. 그들처럼 눈에 확 띄는 약점을 가진 인간은 아주
쉬운 먹잇감이었으니까. 태수는 그들을 어떻게 다뤄야 하는지 누
구보다 잘 알고 있었다.

*

물류센터로 가는 길은 깜깜했지만, 막상 물류센터 안으로 들어
가면 강한 조명 탓에 다시 낮으로 돌아간 기분이었다. 센터 안 어
디에도 어둠이 발붙일 곳은 없어 보였다. 용재가 걱정할 필요는

없었지만, 가끔은 한 달 전기료가 얼마일지 궁금하기는 했다. 일찍 온 탓에 담당 구역 배정까지는 20분 정도 기다려야 했다. 용재는 특송 구역 근처로 가서 민호가 왔는지 살펴봤다. 지난주부터 특송 기사 외에는 특송 구역으로 들어가지 못하게 했다. 그저 멀리서 민호를 찾아보는 수밖에 없었다.

민호는 카트에 물건을 싣고 자신의 택배 차로 가고 있었다. 같은 창고 안에서도 자유롭게 만날 수 없어서 그런지 더 반가운 마음이 들었다. 일반 택배 기사는 특별 구역으로 갈 수 없었지만, 특별 구역에서는 언제든지 일반 구역으로 넘어올 수 있었다. '특별'이라는 단어가 붙으면 세상 어디에서나 비슷한 규칙이 존재했다. 보통 '특별'이라고 하면 나쁜 것을 제외하고 좋은 것, 큰 것, 강한 것을 상징했다. 용재가 특별한 곳에 있는 민호를 보고 있는 사이, 구역 배정을 알리는 벨 소리가 들렸다.

차용재 : 마정1구역

또, 마정1구역이었다. 그저께부터 내리 3일 동안 같은 구역을 배정받았다. 김도건 님! 한다면 하는 나의 친구. 다 좋은데 눈치는 좀 없는 편이다. 도대체 몇 번이나 연속으로 같은 구역에 배정하려는 것일까? 용재는 담당 구역을 확인하는 기사들을 슬쩍 살폈다. 혹시라도 이상하게 생각하는 사람은 없을까? 기사들 중에 다른 사람의 배정지에 관심을 보이는 사람은 없었다. 욕을 하거나, 누가 배정했는지 사무실로 가서 항의를 하겠다는 사람도 없었다. 일단 다행이었다. 배정받은 구역 표시가 적힌 카트를 끌고 승합차 옆으로 갔다. 구역 표시 종이를 얼른 떼서 주머니에 집어넣었다.

"어디로 가?"

특별 친구 님이 오셨다. 용재는 주머니에서 종이를 꺼내 민호에게 펼쳐보였다가 다시 집어넣었다. 민호는 싱긋 웃으며, 용재를 도와 카트에 실린 물건을 용재의 승합차에 실었다. 물건은 120개 정도로 적은 숫자는 아니었지만 민호가 도와준 덕분에 혼자 할 때보다 훨씬 빨리 실을 수 있었다.

"넌 몇 개나 옮겨?"

"5개에서 10개 사이."

일반 배송에서 하던 물량보다 거의 10분의 1수준으로 줄었지만, 그렇다고 해서 배송 시간까지 줄어든 것은 아니라고 했다. 특송팀에게는 배당 구역이라는 것이 없어서 이동 반경이 넓다. 그래도 일반 배송과 비교해보면 두세 시간 정도 빨리 끝나기 때문에 그만큼 더 잘 수 있다. 용재가 볼 때 그 전보다 민호의 얼굴에서 피곤이 사라진 것 같기도 했다. 택배 기사들이 차례로 배송지를 향해 출발했다. 용재도 승합차를 몰고 배정받은 구역으로 이동하기 시작했다.

같은 가로등이라도 주변 환경에 따라 느낌이 달랐다. 통일로나 자유로처럼 길만 쭉 나 있는 곳은 가로등도 외로워 보였다. 가로등만 달랑 있는 거리라니. 일산 시내로 들어가면 주변이 점점 밝아졌다. 가로등뿐 아니라, 24시간 운영하는 가게 내부의 불빛과

네온사인이 용재에게 아는 척을 하는 것 같았다. 물류센터에서 배정 구역까지는 30분이 걸렸다. 만일 지난주였다면 배송할 물건이 같은 개수였어도 운전하는 내내 마음이 급했을 것이고 배정 구역에 도착해서도 서두르고 또 서둘렀을 것이다. 하지만, 이틀 동안 같은 구역에 물건을 배송해본 결과 이 정도는 두 시간 안에 끝낼 것 같았다. 같은 집에 전해지는 물건이 여러 개일 경우, 한 시간 만에도 가능해 보였다.

지하 주차장에 차를 세우고 가장 먼저 들어갈 동의 물건을 운반 수레에 옮겨 실었다. 공동현관 비밀번호를 누르고 안으로 들어가 엘리베이터 버튼을 눌렀다. 마정1구역의 경우 하나의 아파트 단지였지만 그 세대수가 3천 세대를 넘었다. 그러면서도 아파트 동수가 많지는 않았다. 모든 아파트가 40층 이상이었기 때문이다. 하나의 동에만 20개에서 40개 정도의 물건을 배송했다. 일이 수월해졌다. 아무리 지점장이라도 한 동에 배송되는 물건의 개수까지 어찌할 수는 없을 것이다. 누가 어떤 구역에 가는지 관심조차 없지 않을까? 이런 저런 생각을 하며 120개의 물건을 모두 돌렸는데도 새벽 2시를 넘지 않았다.

*

일산에도 호수공원이 있지만 파주에도 호수공원이 있다. 일산보다는 작아도 한번쯤 아이들과 와보고 싶은 곳이었다. 민호는 새벽 배송을 하면서 처음으로 알게 된 곳이 많았다. 비록 새벽이라 잘 보이지는 않았지만, 좋은 곳은 느낌만으로도 알 수 있었다. 그럴 때면 항상 가족과 함께 와봐야겠다는 생각을 했다. 어디 외국으로 여행 가는 것도 아니고, 겨우 이런 곳도 마음먹어야지만 갈 수 있는 상황이라니……. 그래도 특송팀에서 일하게 되자 새로운 꿈이 생겨났다. 높은 수수료는 민호의 꿈도 높이 올려주었다. 다음 달 초에 일괄적으로 받게 되겠지만 하루에 40만 원에서 50만 원은 어렵지 않게 올릴 수 있었다. 가장 많은 날은 60만 원까지 치솟았다. 지점장에게 건의해서 물류센터의 휴일을 없애고 싶었다.

첫 번째 물건 전달 장소에 도착했다. 특송 물건은 전달 방법도 일반 배송과 달랐다. 배송지 주소가 택배 박스에 붙는 대신, 사무실에서 민호에게 문자로 전달되었다. 그것도 완전한 주소는 아니었다. 아파트를 예로 들어보자면 '몇 동 몇 호'라는 식의 상세 주소는 아예 없었다. '몇 동 놀이터 옆', 혹은 '3층 계단 앞'과 같은 식이었다. 그 앞에서 기다리고 있으면 물건을 받을 사람이 찾아왔다. 장소가 여러 번 바뀐 적도 많았다.

12동 1층에 설치된 우편함 301호 열어 볼 것. 열쇠는 출입문 뒤쪽에 있음.

민호는 빌라 12동으로 들어가 출입문 뒤쪽을 살폈다. 스마트폰 불빛을 이용해 작은 열쇠 하나를 찾아냈다. 301호 우편함을 열자 봉투가 들어 있었다. 봉투 속에 담긴 돈을 확인해보니 5만 원짜리 60장으로 모두 3백만 원이었다. 사무실에서 문자로 알려준 금액과 일치했다. 민호는 작은 박스를 우편함에 넣고 다시 잠근 뒤, 열쇠를 원래 있던 곳에 놓고 빌라를 나왔다. 어떤 사람이 가져갈까 궁금해서 기다렸지만 5분이 지나도 우편함 근처로 오는 사람은 없었다. 민호는 시동을 걸고 다음 장소로 가기 위해 출발했다. 혹시나 하는 마음에 룸미러로 빌라 입구를 곁눈질하니 검은 물체가 재빠르게 빌라 안으로 들어가는 것이 보였다. 특송 물건을 받아가는 여러 가지 방법 중 하나였다. 당일 수수료가 얼마인지는 정오가 되기 전에 문자로 통보되었다. 방금 놓고 온 물건에 대한 수수료는 얼마일지 벌써부터 두근거렸다.

두 번째 장소는 원룸 건물이 밀집한 동네였다. 차를 세우고 문자에 표시된 위치에 서 있었다. 원룸 건물의 그림자 때문에 바로 앞까지 오지 않으면 얼굴을 볼 수 없는 장소였다. 10분쯤 뒤, 후드를 뒤집어쓴 채 마스크를 쓴 남자가 민호의 근처로 다가왔다. 남자는 봉투를 내밀었다. 민호가 돈을 세는 짧은 순간에도 남자는 초조한 듯, 다리를 떨면서 주변을 살폈다. 백만 원이 맞았다. 민호가 박스를 건네주자 남자는 낚아채듯 받아서 건물 뒤로 뛰어갔다. 민호는 배송이 완료됐다는 문자를 사무실로 전송했다. 아마도 서 대리가 문자를 받을 것이다.

민호의 차는 세 번째 손님을 만나기 위해 어둠 속을 달리고 있었다. 문득, 그동안 한 번도 해본 적 없는 생각 하나가 민호의 머릿속을 떠돌기 시작했다. 생각은 생각을 낳고, 또 낳았다.

'대체 뭐가 들어 있을까?'

이런 의문이 든 것은 물건을 받아가는 사람들의 행동 때문이었다. 그나마 가장 무난한 방법이 마스크로 얼굴을 가린 채 받아가는 것이었다. 아예 사람은 만나지도 못한 채 물건만 전해주는 경우도 많았다. 지정된 위치에 있는 봉투를 찾아 액수를 확인한 뒤, 물건을 돈이 있던 자리에 놓고 오는 것이었다. 물건의 주인은 어딘가에서 민호가 가기를 기다렸을 것이다. 그렇게 받아야만 하는 물건은 대체 뭘까? 왜 이제야 그런 의문이 들었는지 알다가도 모를 일이었다. 어니스트 택배는 허가를 받은 정식 택배 회사였다. 그렇기 때문에 문제가 없을 것이라고 생각했던 것일까? 정확히 표현하자면, 문제가 없을 것이라고 생각했다기보다는 문제가 있을 것이라고 생각해본 적이 없었다. 운전대를 잡은 민호의 시선이 조수석에 놓여 있는 박스를 향했다. 그래도 큰 문제는 없을 것 같았다. 문제가 있는데 이렇게 대놓고 전달할 리는 없을 테니까. 물론 '대놓고'의 기준은 사람에 따라 다를 수도 있을 것이다.

*

도건은 온라인 게임에 푹 빠져 있었다. 용재가 문을 열고 들어와도 모르는 표정이었다. 용재는 선반에 놓인 부품 사이로 도건을 바라보다가 나사 하나를 들어 도건의 뒤에 있는 창문 쪽으로 던졌다. 나사가 창문에 맞는 소리는 작았지만, 도건의 비명은 컸다.

"뭐야!"

도건은 창문을 열고 밖을 살펴봤다.

"어떤 새끼야?"

용재는 도건의 뒤로 다가가 뒤통수를 후려쳤다. 도건은 그제야 용재임을 확인하고는 김샌 얼굴로 다시 책상에 앉아 게임에 열중했다.

"은혜를 베풀어준 친구에게 이게 인간으로서 할 짓이냐?"

"일주일에 한두 번만 은혜를 베풀어주면 안 되겠니?"

"배부른 소리하고 있네."

어머니의 입원 수속을 마치고 오는 길이었다. 결국, 전이가 맞았다. 모든 검사 결과가 한 방향을 가리켰고, 최종적으로 의사가 판정을 내렸기 때문에 더 이상 부정할 수 없었다. 어머니에게는 말하지 않았다. 어머니도 물어보지 않았다. 그냥 가자면 갔고, 입원하자면 입원했다. 건강해지라고 하면 그것도 따라줄 수 있을까? 용재는 두려웠지만, 어머니는 담담해 보였다.

"너희 물류센터에 김태수라고 있어?"

계속해서 게임을 하고 있던 도건의 입에서 지점장의 이름이 튀어나왔다. 보통 때였다면 어떻게 도건이 지점장의 이름을 알고 있는지 물어봤을 것이다. 하지만 어머니 때문에 마음이 복잡했던 용재는 다른 데 신경 쓸 틈이 없었다. 그저 도건이 물어봤기에 다시 질문으로 대답할 뿐이었다. 마치 처음 듣는 이름인 것처럼.

"그 사람이 왜?"

"어디에 쓸려고 그랬는지는 모르겠는데 이것저것 위조를 좀 했더라. 저질 퀄리티로다가."

위조라는 단어를 곱씹었다. 사실 '어니스트'보다는 '위조'가 지점장에게 더 잘 어울리는 단어였다.

위조 택배.

뭔가 불길한 이름이다.

*

미란은 오늘도 배송지 라벨을 인쇄하고 있었다. 태수는 책상 앞에서 박스를 뜯어 안을 들여다보고는 박스 채 미란에게 건넸다.

"물건 올라오면 항상 그램 수 잘 체크해. 돈이 얼만데. 숨통을 조금만 열어줘도 바로 뒤통수치는 것들이야. 알지?"

미란은 '또 저러고 있구나' 하는 표정으로 태수를 바라보면서 한숨을 내쉬었다. 태수는 용재의 신상 정보를 읽기 시작했다.

"차용재……."

미란은 태수의 말에 잠깐, 아주 잠깐 태수를 봤다가 다시 시선을 돌렸다.

*

하나같이 우락부락한 특송팀 기사들과 비교해보면 민호의 체격은 왜소한 편이었다. 민호는 자신에게 배정된 7개의 특송 물품을 조수석에 올려놓았다. 7개라고 해봤자 모두 합쳐서 일반 택배 1개보다도 부피가 작았다. 그런데 왜 택배 차를 지급했을까? 민호는 특송팀에 들어와서 지금껏 짐칸에 물건을 실어본 적이 없었다. 어쨌든 주유비는 회사에서 부담했기 때문에 민호 입장에서는 나쁠 게 없었다. 오늘은 어제보다 더 빨리 끝날 것 같았다. 민호는 정신없이 짐을 싣고 있는 용재 옆으로 걸어가 용재의 어깨를 툭 치더니 함께 물건을 옮기기 시작했다.

"근데 특송 물품은 내용물이 뭐야?"

용재가 무심히 물었다.

"나도 잘 몰라. 근데 물건 받는 사람들이……."

민호가 뒷말을 미처 끝내기도 전에 큰소리가 들려왔다.

"고민호 씨! 특송 물품이 차에 실려 있으면 항상 그 옆에 있으라니까! 분실되면 어떻게 할 거야? 당신이 책임질 거야? 협조 좀 합시다!"

특송팀장은 덩치만큼이나 목소리도 컸다. 민호는 용재에게 가 보겠다는 눈인사를 하고, 빠른 걸음으로 걸어갔다. 용재는 민호의 뒷모습을 바라보다가 특송팀장과 눈이 마주쳤다. 팀장은 몸을 돌려 사무실 쪽으로 걸어가는가 싶더니, 용재가 다시 물건을 옮기는 사이 용재를 돌아보았다.

*

    승용차와 승합차들이 어니스트 물류센터를 빠져나가고 있었
다. 잠시 후, 민호가 운전하는 택배 차가 물류센터 출입구를 통과
해 큰길 진입로 쪽으로 내려갔다. 민호의 차가 지나가는 순간, 근
처에 주차되어 있던 승용차의 전조등이 켜졌다. 승용차는 일정한
간격을 두고 민호의 차를 따라가기 시작했다.

    민호는 통일로에 진입했고, 몇 분 뒤 자유로에 들어섰다. 새벽
배송이 본격적으로 시작되는 밤 11시, 자유로에는 차들이 많지
않았다. 민호는 첫 번째 특송 물건을 전달하기 위해 부지런히 차
를 몰았다. 자유로를 빠져나와 성산대교 방면으로 달리던 차는
좁은 길로 들어섰다. 길 양쪽에는 공장과 창고, 사무실이 늘어서
있었다. 중고 물품 판매점, 자동차 정비소, 각종 수리점과 군데군
데 있는 작은 식당들. 이 지역의 인근에는 이런 곳이 많았다. 이
유는 간단했다. 자동차가 들고 나기에 편했기 때문이다. 물론 그
런 것과 상관없이 임대료 때문에 자리 잡은 곳도 있었고, 이들을
상대로 뭔가를 하기 위해 모여든 사람도 있었다. 여러 가지 이유
로 지역은 점점 넓어졌다. 앞으로 더 넓어질 것이다. 이런 지역의
특징은 밤에는 사람을 거의 찾아볼 수 없다는 것이었다. 낮에는
북적거렸을 곳이지만, 퇴근 시간이 지나고 나면 인적이 아예 없
는 경우가 많았다. 원룸 같은 주거시설도 없었다. 사람이 없으니
사람을 위한 시설도, 사람을 위한 사람도 밤에는 모두 사라지고

없었다.

민호는 문자로 지정받은 곳에 차를 세웠다. 시동을 끄자, 계기판 불빛도 함께 사라졌다. 어둠 속에서 첫 번째로 전해줄 택배 상자를 무릎 위에 올려놓고 눈을 감았다. 누군가 운전석 창문을 두드렸다. 스텔스기처럼 아무 인기척도 없이 어떻게 왔을까? 근처에 있는 창고에 있다가 나온 것일까? 어두워서 남자의 얼굴은 알아볼 수 없었다. 설사 밝았다고 해도 마스크를 착용하고 있었기 때문에 별반 다르지 않았을 것이다. 민호는 창을 열고 남자가 건네준 봉투를 확인하기 위해 실내 조명을 켰다. 조명이 켜지자, 남자는 차에서 몇 걸음 떨어졌다. 액수를 확인한 후 민호는 조명을 끄고 남자에게 박스를 내밀었다. 남자는 올 때처럼 그렇게 조용히 사라졌다.

두 번째 배송지를 향해 출발했다. 길과 길 사이에 창고가 있는 것이 아니라 수많은 창고 사이에 길이 난 것 같았다. 그 길은 창고만을 위한 길이었다.

'뭘까? 뭘까? 도대체 뭘까?'

민호는 생각에 잠겼다가 그대로 핸들을 꺾어 어느 창고 앞쪽으로 차를 붙였다. 그리고 시동을 껐다. 몇 번 숨을 들이마셨다가 내뱉기를 반복했다. 민호는 택배 상자 위로 손을 뻗으려다가 자동차 열쇠를 잡아 앞쪽으로 돌렸다. 시동이 켜지고 전조등이 들어왔다. 앞이 훤해졌지만 사람의 모습은 보이지 않았다. 다시 시동을 껐다. 조수석 위에 있던 상자 하나를 들어 자신의 무릎에 올려놓았다. 박스 모서리를 손가락으로 문질러보다가 크게 한 번 숨을 내쉰 뒤, 실내 조명을 켰다. 흔적이 남지 않도록 천천히 박스에 붙은 테이프를 떼어내기 시작했다. 다행히 테이프에 종이가 묻어나지 않았다. 다시 붙인다면 아무도 알 수 없을 것 같았다. 택배 박스 날개를 열고, 안을 들여다봤다. 그 순간 차 문이 열리고 귀가 떨어져 나갈 것 같은 폭발음이 들렸다. 민호는 정신을 차릴 수 없었다. 무엇인가 터지는 소리 때문에 귀가 아픈 줄 알았다. 하지만, 잠시 후 주먹이 세차게 피부에 닿는 소리라는 사실을 깨닫게 되었다. 누군가의 주먹이 민호의 얼굴을 다시 한번 강타했다. 민호는 조수석 쪽으로 쓰러지며 그대로 정신을 잃었다.

*

민호는 정신을 잃은 채, 의자에 앉아 고개를 숙이고 있었다. 그 앞에 태수와 특송팀장, 나란히 정렬한 험상궂은 남자들이 서 있었다.

"깨워."

한 남자가 다가가 민호의 뺨을 때렸다. 민호는 서서히 눈을 떴고, 주변을 살펴보기 시작했다.

"정신 차려야지. 김밥집 문 안 열거야?"

태수의 말에 남자들이 웃음을 터트렸다. 민호는 정신을 차리면서 자신의 몸 상태를 살폈다. 팔이나 다리가 부러진 것 같지는 않왔다. 다만, 머리가 깨질듯 아팠고 멍했다. 태수의 입에서 나온 '김 밥집'이라는 단어는 민호의 뇌를 자극했고, 금방 현재의 상태를 파악할 수 있었다. 민호가 잡혀 있는 곳은 물류센터 한쪽에 만들어진 작은 창고였다. 늘 잠겨 있는 곳으로 특송 물건을 보관하는 것 외에도 다양한 용도로 사용되었다. 지금처럼.

"내 말이 맞지? 이래서 한 달은 따라다녀봐야 한다니까. 하여튼 신선한 인간들이 없어. 왜 그렇게 기회를 모를까? 틀을 못 깨요, 틀을!"

민호는 겁에 질린 표정으로 태수의 시선을 피했다.

"특송 물건은 절대로 열어보면 안 된다니까. 그게 왜들 그렇게 궁금해? 물건 하나 배송하고 천 원 받았으면 열어보래도 안 열어봤을 거야. 근데 수수료를 많이 주니까 궁금해진 거지. '이게 뭔데 이렇게 많이 주는 거야?' 하면서. 어때, 내 말이 맞지? 난 진짜 이해를 못하겠어."

"죄송합니다. 잘못했습니다."

태수가 고갯짓을 하자, 남자들이 민호를 때리기 시작했다.

"어허! 얼굴은 때리지 말라고. 물건 받을 손님을 생각해야지."

민호의 얼굴을 제외한 나머지 부분을 향해 남자들의 주먹과 발길질이 이어졌다. 민호는 땅바닥에 몸을 웅크렸다. 잠시 후 태수의 중지 신호에 따라 남자들은 민호에게서 물러섰다. 민호는 겨우 몸을 일으켜 무릎을 꿇고 앉았다. 태수는 민호의 신상 정보가 담긴 파일을 보며 말했다.

"고민호 씨, 너무 자책하지는 말아요. 일반 택배 하다가 넘어오면 다들 민호 씨랑 비슷하거든. 보자, 김밥집이 위치가 영 안 좋네? 장사를 하려면 월세가 좀 나가도 좋은 데로 가서 해야지. 장사는 첫째도 둘째도 목인 거 몰라? 애들은 어떤가? 딸만 둘이시네? 큰 애가 1학년 3반, 둘째가……. 수선화반? 아하, 유치원 다니는구나. 뭐, 몇 번인지도 얘기해드려?"

"잘못했습니다. 가족들은 제발……."

"우리가 왜들 이렇게까지 열심히 살겠어요? 다 가족 때문이잖아요?"

태수는 입을 꾹 다물고 민호를 매섭게 쏘아봤다. 그러다 표정을 바꾸면서 갑자기 다정한 톤으로 말을 했다.

"한 번 더 기회를 드릴게. 음, 사람 구하기 힘든 것도 있지만, 내가 민호 씨를 참 좋아하거든. 열심히 하니까. 앞으로는 배송만 열심히 할 거라고 생각할게요. 우리 회사 이름이 뭐예요? 어니스트. 정직이잖아요, 정직! 속이면 곤란하겠죠? 민호 씨가 오늘 배송을 못해서 다른 사람이 대신했잖아요. 이게 뭐예요?"

태수는 민호를 일으켜 세웠다. 그리고 수수료를 더 올려주겠다고 하면서 민호의 어깨를 툭툭 쳤다. 민호는 계속해서 태수의 시선을 피하면서 어떻게 해야 할지 고민에 빠졌다. 하지만, 아무리 생각해도 다른 답이 없었다. 태수가 가족의 신상명세를 자세히 알고 있는 이상, 그의 말에 따를 수밖에 없었다. 태수는 민호에게 박스 안에 있는 내용물을 봤냐고 물었다. 민호는 고개를 끄덕였다.

"맞아, 마약이야. 아까 본 건 가루였나? 종류는 다양해. 주사로 하는 거 좋아하는 놈, 코로 하는 거 좋아하는 놈, 마시는 거 좋아하는 놈……. 뭐든 원하는 데로 다 맞춰줘. 우린 특별배송이잖아? 민호 씨, 알고 있었어? 당신이 매일 일하는 곳에 이런 데가 있었다는 거."

"몰랐습니다."

"거 봐. 같은 센터 안에서 일하는 사람도 모르는데, 경찰들이 어떻게 알겠어? 그러니까 걱정하지 말고, 열심히만 하면 돼. 우리 민호 씨 열심히 하는 거 하나는 끝내주잖아?"

태수는 다독이듯이 민호의 어깨를 툭툭 치고는 사무실 밖으로 나갔다.

*

아침 8시의 아파트 단지는 어디나 비슷한 모습이다. 직장이 멀리 있다면 이미 출근하고 없겠지만, 직장이 가까운 사람들은 이때쯤 차를 운전해 단지를 빠져나간다. 초등학생들은 서너 명씩 짝을 지어 걸어가고, 저학년이라면 엄마나 아빠, 할머니 손을 꼭 잡고 아파트를 나선다.

차 안에 앉아 있던 민호의 눈에 선아와 두 딸의 모습이 보였다. 둘째가 유치원 버스에 타기 전, 선생님을 따라 선아에게 배꼽 인사를 했고 선아도 마주 인사를 한다. 민호의 얼굴에 미소가 지어졌다. 하지만 곧바로 한숨이 따라붙었다. 선아는 큰아이의 손을 잡고 아파트 단지 입구를 향해 걸어가기 시작했다. 딸은 율동을 하듯 몸을 좌우로 움직이면서 걷는다.

단 하루 만에 모든 것이 바뀌었다. 민호가 선택할 수 있는 문제가 아니었다. 계속 시키는 대로 한다면 어떻게 될까? 그냥 못하겠다고 할까?

장례식

테이크아웃을 기다리는 두세 명의 손님 외에 테이블에 앉아 있는 사람은 용재와 태수뿐이었다. 두 사람의 머그잔에는 커피가 거의 남아 있지 않았다. 방금 전까지 태수 입에서 흘러나온 특송팀과 관련된 얘기들이 용재의 주변을 맴돌았다.

"어느 정도 설명은 된 것 같은데요. 더 궁금한 게 있으면 언제든지 사무실로 찾아오세요."

용재는 특송팀 일을 할 것인지 말 것인지를 고민하는 것이 아니었다. 다른 궁금증이 더 컸다. 어차피 몇 시간 뒤면 물류센터에서 만날 텐데, 왜 굳이 여기까지 찾아왔을까?

"내가 왜 여기까지 찾아왔을지 궁금하죠? 조금 있다가 이 근처에서 누구를 좀 만나기로 했거든요. 온 김에 용재 씨한테 전화해 본 거예요."

태수는 마치 용재의 마음을 읽는 듯했다.

"들어간 지 얼마 되지도 않았는데 왜 특송 기사를 제의하는 건 가요? 더 오래 한 사람들도 많잖아요."

"내 특기가 적재적소에 사람을 잘 쓰는 거예요. 용재 씨는 우리 지점에 온 지 얼마 안 됐지만, 일반 배송보다는 특별배송이 더 잘 맞는다고 생각해요. 어떻게 아냐고요? 느낌이죠. 앞으로 보면 알 겠지만 내 느낌이 그렇게 또 정확해요."

사업을 이끌어갈 만큼 영리한 사람이라는 것은 용재도 인정했다. 그렇기에 느낌이니 뭐니 하는 태도는 태수와 어울리지 않았다. 용재는 태수에게 당신의 느낌이 틀렸다고 말하고 싶었다. 아니, 놀리고 싶었다. 태수만 보면 왜 이런 감정이 일어나는지 용재도 알 수 없었다. 그저 본능적으로 다가서기 싫은 사람이었다. 물론 만만한 사람이 아니라는 건 잘 알고 있었다. 그렇기 때문에 어떤 티도 내지 않았다. 그날 밤, 누군가의 뺨을 시원하게 때리는 장면을 봐서 그런 것은 아니었다. 태수는 특송의 장점을 반복적으로 얘기했다. 수수료가 월등히 많고, 퇴근 시간도 빠르며, 택배 차와 함께 주유비도 지원해주겠다는 등의 내용이었다. 만일 용재가 제대로 적응하면 더 큰일을 하게 해줄 수도 있다는 말을 덧붙였다.

"급하게 결정하지 않아도 되니까, 천천히 생각해보세요."

태수가 자리에서 일어나는 순간, 용재가 툭 던지듯 말을 했다.

"하겠습니다."

태수는 일어선 채로 고개를 끄덕였다. 태수는 용재에게 기대가 크다고 했다. 용재가 새벽 배송을 하는 이유는 어차피 돈 때문이었다. 조금이라도 더 많이 벌 수 있다면 고민할 필요가 없었다. 게다가 빨리 끝나고, 기름값 부담도 없으니 하지 않을 이유가 없었다. 태수가 간 뒤에도 용재는 한동안 그 자리에 앉아 있었다. 자신의 결정 뒤에 계속되는 찝찝함에 대해 생각하고 있었다. 어쩐지 태수의 기대에 미치지 못했을 때 발생할 뒷일이 두려워졌다. 그것이 정확히 어떤 것인지 몰라도 말이다.

*

상가 지하 주차장 안으로 승용차 한 대가 들어왔다. 승용차는 엘리베이터 전실 근처에 멈추었고 50대 중반의 남자가 내렸다. 남자는 주변을 살피면서 엘리베이터 앞으로 걸어갔다. 남자가 엘리베이터 층수를 보기 위해 고개를 드는 순간, 옆에 있던 비상구가 열렸다. 얼굴을 가린 남자들이 뛰어나와 50대 남자를 공격하기 시작했다. 남자도 재빠른 몸놀림으로 몇 번 주먹을 날려봤지만 결국 쓰러졌다. 그와 동시에 주차장의 우레탄 바닥을 날카롭게 긁어대며 다가오는 차량. 어니스트 택배 차였다. 쓰러진 남자는 짐칸에 실렸고, 차는 그대로 출발했다. 태수는 자신의 승용차에서 모든 장면을 지켜보고 있었다. 일을 마친 남자들은 태수를 향해 고개를 숙인 뒤, 뿔뿔이 흩어졌다. 곧바로 야산팀장에게서 전화가 왔다.

"마무리는 걱정하지 마세요. 묻기 전에 사진 보내드리겠습니다."

태수는 전화를 끊고, 미란에게 문자를 남겼다.

묻기 전에 하나, 묻고 나서 하나씩 사진 찍으라고 해.

시동을 걸려는 순간, 전화가 걸려왔다. 강수였다.

"형, 무슨 일이야?"

강수가 잠시 아무 말이 없자 태수가 급하게 덧붙였다.

"가게에서 뭐 걸린 건 없지?"

"김 과장이 미리 연락해줘서 싹 치웠지."

"조사 나오는 거 김 과장은 막을 수 없대?"

"지방청에서 직접 나오는 거라 어쩔 수가 없대."

"왜 우리만 갖고 지랄들인지 모르겠네. 공무원이라는 것들이 그렇게 편파적으로 일을 처리해도 되는 거야? 민원을 넣든지 해야지. 같은 데를 벌써 몇 번이나 조사하는 거야?"

"털어도 안 나오니까 그렇겠지. 물류센터는 이상 없지?"

"그럼. 여긴 걱정 마. 아직 제대로 파악도 못하고 있대."

전화를 끊은 태수는 주차장 입구를 향해 차를 몰았다. 주차장 램프를 올라가는 속도가 점점 빨라졌다. 차는 순식간에 지상 1층에 있는 주차 요금 계산기 앞에 멈췄다. 태수의 시선은 '주차 20분 무료'라는 문구에 가 있었다. 태수의 표정이 진지해졌다. 잠시 후, 주차 요금이 기계 화면에 표시되었다.

회차 차량 주차요금 0원.

태수는 만족한 표정으로 주차장을 빠져나갔다.

*

소파에 강수와 그의 부하들이 앉아 있었다. 강수의 시선이 손에 들고 있는 종이에 멈췄다.

"내일 세 명이 들어온다 이거지? 한 명당 2천씩 주기로 했고?"

"네, 맞습니다. 이번 건만 잘되면 앞으로 훨씬 더 많이 들어올 겁니다."

강수는 남자들과 함께 해외에서 들어오는 사람들을 위한 교통편을 연구하기 시작했다. 서울까지는 3백 킬로미터. 물론 입국자들은 여권이나 비자 따위는 신경 쓰지 않는 사람들이었다. 그들은 편안하고 안전한 이동수단을 원했고, 그 대신 대가를 지불하겠다고 알려왔다. 강수는 태수와 통화를 한 끝에 택배 차를 이용해 입국자들을 이동시키기로 했다. 전국 어느 고속도로든 회사 로고가 찍힌 택배 차량은 검문을 쉽게 통과할 수 있었다.

입국자의 대리인에게 착수금으로 전체 금액 6천만 원 중 3천만 원을 요구했다. 물론 현금으로 납부하는 조건이었다. 6천만 원 중에서 10퍼센트인 6백만 원은 이번 일을 연결해준 사람에게 수수료로 지급될 것이고, 5퍼센트인 3백만 원은 특송 기사에게 지급될 것이다. 나머지 기름값과 고속도로 통행료, 그리고 택배 차의 감가상각비까지 모두 차감하더라도 최소 4천만 원 이상은 남는 장사였다. 강수는 차량의 감가상각비를 차감하는 것이 이해되지 않았지만, 태수가 고집을 부렸기 때문에 어쩔 수 없었다. 태수는 전체 기간을 5년으로 계산해서 해마다 차량 가격을 감가상각해야 한다고 목소리를 높이곤 했다.

*

세 사람이 자주 가는 술집이 있다. 술집이라기보다 그냥 식당이라고 해야 할까? 술은 마시지 않고, 식사만 하고 가는 손님도 많았다. 용재와 도건이 먼저 만나 파전과 함께 소주잔을 기울이고 있었다. 추가로 시킨 도토리묵 무침이 테이블에 놓일 때쯤, 해일이 술집 안으로 들어왔다. 세 사람이 나눈 얘기는 언제나 집에 가면 기억도 나지 않았다. 그래도 아무 말 없이 술만 마실 수는 없었기에 서로 하나씩 얘기를 꺼냈다. 리액션을 해주지 않는다고 해서 섭섭할 것도 없었지만, 매너의 관점에서 건성으로라도 맞장구를 쳤다. 그것이 그들의 암묵적인 약속이었다.

민호까지 네 사람이 보기로 한 자리였지만 민호는 나오지 못했다. 컨디션이 안 좋은 이유도 있었고 손님이 부탁한 김밥 100줄을 준비해야 되기 때문에 도저히 나갈 수 없다고 했다. 민호는 날마다 수고가 많았다. 용재는 오늘 민호를 만나게 되면 자신도 특송팀 일을 하게 됐다고 말하려고 했다. 민호의 웃는 모습이 눈에 선했다. 앞으로는 물류센터에서 마음 편하게 민호를 만날 수 있을 것이다. 같은 특송팀이니까.

*

어니스트 물류센터의 특별배송 구역. 박스형 짐칸을 부착한 택배 차들이 나란히 주차되어 있었다. 특송팀장이 앞에 서서 배송과 관련된 몇 가지 내용을 기사들에게 전달했고, 마지막으로 용재를 앞으로 불러냈다.

"오늘부터 특송팀에서 근무하게 된 차용재 씨입니다. 박수."

맨 앞에 서서 특송팀 기사들이 박수 치는 것을 보고 있자니, 용재는 그 어떤 말로도 설명하기 힘든 기분이 들었다. 하나같이 큰 덩치에 범상치 않은 외모를 가진 남자들의 박수는 일반인들의 박수와는 전혀 다른 느낌이었다. 박수를 친다기보다 갖다 꽂는 것 같았다. 다른 건 몰라도 밤에 볼만한 얼굴들은 결코 아니었다. 용재는 고개를 숙이며 의례적인 소개와 인사를 했다. 민호는 용재를 바라보는 내내 착잡한 표정이었다.

특송팀에서의 첫날, 용재에게 배정된 물건은 7개였다. 하나같이 가장 작은 사이즈의 박스였다. 짐칸에 실을 필요도 없이 조수석에 모두 올려놓았다.

"용재야, 이거 하지 마. 이게……."

용재는 조수석에서 몸을 빼 뒤를 돌아봤다. 민호가 누군가를 보고는 말끝을 흐렸다. 그 시선을 따라가 보니 몇 미터 뒤에서 태수가 두 사람을 지켜보고 있었다. 태수가 다가올수록 민호의 얼굴은 굳어져 갔다. 태수는 민호의 어깨에 손을 올리며, 용재를 바라보았다.

"역시 친구가 좋긴 좋아요. 같이 있으면 의지도 되고."

태수는 용재에게 몇 가지 주의사항을 얘기하고 민호에게 시선을 돌렸다.

"고민호 기사님은 오늘 7번 차 가지고 가세요. 물건은 미리 실어놨습니다. 서 대리가 주소 보내주면 그쪽으로 가시면 됩니다."

말을 마친 태수가 민호에게 눈짓으로 7번 차를 가리켰다. 아주 짧은 순간이었지만 용재는 7번차에 오르는 민호의 얼굴에서 왠지 모를 침울함을 느꼈다. 상대방을 묘하게 기분 나쁘게 하는 지점장 특유의 말투 때문이었을까? 민호는 물류센터 밖으로 나가기 직전, 사이드미러를 살폈다. 태수는 같은 자리에 서서 계속 민호를 바라보고 있었다. 잠시 후, 용재도 배정받은 택배 차를 몰고 물류센터를 빠져나갔다.

태수는 기다렸다는 듯이 특송팀장을 향해 짧게 고개를 끄덕였다. 특송팀장은 구석으로 걸어가면서 누군가에게 전화를 걸었다.

*

민호는 문자에 있는 주소지를 향해 30분째 이동하고 있었다.

지번 앞에 '산'이라는 말이 붙어 있었다. 물류센터의 관할 구역 중 거의 끝에 있었는데, 지금껏 가본 적이 없는 곳이었다. 이번에는 어떤 방식으로 물건을 전해주게 될까? 내용물은 전과 똑같을까? 경찰에 걸리기라도 하면 어떻게 되는 걸까? 그때, 태수로부터 전화가 걸려왔다. 물류센터의 비밀을 알게 된 이후, 민호는 스마트폰이 울리기만 해도 가슴이 뛰었다. 더군다나 지금처럼 화면에 '지점장'이라는 글자가 나타나면 정말 미칠 것 같았다. 이번에는 또 무슨 말을 하려고…….

"잘 가고 계시죠? 그럴 리는 없겠지만 혹시라도 놀랄까 봐 미리 전화했어요. 우리가 또 보통 사이가 아니잖아요? 짐칸 열어보면 자루가 하나 있을 거예요. 야산팀장이 땅은 미리 파났을 테니까, 민호 씨는 내려주고만 오면 돼요. 처음 할 때가 좀 그렇지, 자꾸 하다 보면 아무 것도 아니에요. 가는 길 잘 기억해두세요. 거기가 야산지점인데, 앞으로 갈 일 많을 거예요."

태수는 힘들면 언제든지 얘기하라는 말을 마지막으로 전화를 끊었다. 의문이 꼬리에 꼬리를 물었다. 혹시 아까 용재에게 하려던 말을 알고 있는 것일까? 다 알고 있으면서도 모른 척을 하는 것일까? 그리고 도대체 지금 이 차 뒤에는 뭐가 실려 있을까? 평소처럼 물건과 돈을 교환하는 것도 아니었고, 자루만 내려놓고 오라고 했다. 쓰레기 같은 것은 아닐 것이다. 아니면……. 내비게이션을 보니, 앞으로도 30분 이상은 더 가야 도착할 것 같았다. 그것은 앞으로 30분 만큼의 걱정과 고민을 더 해야 된다는 것을 의미했다. 어둠이 되어 더 짙은 어둠 속으로 숨고만 싶었다.

*

용재는 첫 번째 특송 물건을 전달하기 위해 사무실에서 보내
준 문자의 주소지로 가고 있었다. 유흥가의 가(街)라는 글자를 사
용하기에는 그 규모가 작아 보였지만, 그래도 유흥가는 유흥가였
다. 주거단지의 밤 11시는 고요함이 시작되는 시간이었지만 그
곳의 밤 11시는 활기로 막 들어서는 시간이었다. 문자에 표시된
위치는 한 상가 앞이었다. 술에 취한 사람들과 곧 술에 취할 사람
들이 용재의 차를 지나쳐 갔다. 잠시 후, 길을 건너오는 한 여자
가 있었다. 여자는 용재의 차를 살펴보더니 운전석으로 다가와
창문을 두드렸다.

"이거 드리면 되나요?"

여자가 봉투를 내밀었다. 용재는 여자가 물건의 최종 수령자가
아님을 알았다. 자신처럼 중간에서 전달해주는 역할만 하고 있는
것이다. 그녀도 수수료를 받는 것일까? 용재는 봉투 속에 들어 있
는 돈을 확인했다. 여자는 용재로부터 박스를 받은 뒤, 그대로 길
을 건너 건물 사이로 사라졌다. 이 섭섭한 느낌은 뭘까? 뭔가 가
슴속을 훑고 지나간 느낌이었다. 일반 배송을 할 때는 그저 문 앞
에 놓기만 하면 끝이었다. 이번처럼 사람과 직접 대면하는 경우
는 없었다. 여자가 인사라도 해주길 기대했던 것일까? 드디어 정

신이 어떻게 된 모양이었다.

용재는 두 번째 물건을 전달하기 위해 출발했다. 혼자 하는 택배 일이 퍽 외로웠으나 사실 그는 혼자가 아니었다. 차가 출발했던 순간부터 용재를 따라다니는 오토바이가 있었다. 오토바이는 전조등을 끈 채, 일정한 간격을 두고 용재의 뒤를 따라붙었다.

두 번째 특송 물건의 배송지는 그 지역에서 가장 큰 공원의 뒷길이었다. 낮에는 공원을 찾는 사람들의 차들로 붐비는 곳이었지만 용재가 도착했을 때는 한 대도 보이지 않았다. 용재는 주변을 살피다가 운전석 사이드미러로 3~40미터 뒤쪽에서 움직이고 있는 무엇인가를 발견했다. 그것은 곧 움직임을 멈췄다. 오토바이 같기도 했고, 자전거 같기도 했다. 그때 누군가 조수석 창문을 두드렸다. 용재가 창문을 내리자, 남자는 조수석 안쪽으로 봉투를 던졌다. 그리고는 얼굴을 보이지 않으려는 듯 등을 돌리고 섰다. 용재는 남자가 그랬듯이 박스를 들어 힘차게 던지고 싶었다. 하지만, 생각은 생각일 뿐. 용재는 조수석 창을 향해 박스를 건넸다. 목적을 달성한 남자는 빠른 걸음으로 사라졌다. 어떤 자세로 받는지, 누가 받는지는 중요하지 않았다. 돈만 벌면 용재의 목적은 다한 셈이었다.

새벽에 하는 일은 뭔가 외롭고 심심했다. 그래서인지 여러 감정이 한데 섞여 마음이 심란했다. 도대체 지금 여기서 뭐 하는 거지? 새삼 낯선 기분이 들었다가 서서히 밝아오는 바깥 풍경에 복잡한 생각도 조금씩 걷혔다.

민호는 물류센터를 출발한 지 한 시간이 넘어서야 목적지에 도착할 수 있었다. 어차피 예상은 했다. 지점이란 말은 그냥 갖다 붙인 것이고, 어떤 산이 아닐까 했다. 주소에도 '산'이라는 말이 붙어 있었다. 실제로는 산이라기보다는 평지에 가까웠고, 자잘한 나무들과 억새가 잔뜩 나 있었다. 내비게이션은 목적지에 도착했다는 말을 남기고는 입을 닫았다. 민호는 시동을 끄고 차에서 내렸다. 불빛이라고는 하나도 찾아볼 수 없었다. 분명히 언젠가 이런 어둠을 경험한 적이 있었다. 군대 시절이 떠올랐다. 항상 가장 더울 때와 가장 추울 때 작전 지역으로 훈련을 나갔다. 특히 혹한기 훈련을 받을 때 힘든 점이 많았는데, 가장 괴로운 것은 새벽에 일어나서 위병소 근무를 가거나 불침번을 서는 일이었다. 추위에 떨다 겨우 몸을 녹이고 잠이 들었는데 다시 일어나야만 할 때는 정말 눈물 나도록 침낭에서 나오기 싫었다. 하지만 어쩔 수 없이 추위 속으로 나와 터벅터벅 산길을 걸었다. 그러다가 우연히 하늘을 바라봤다. 지상의 빛이 몽땅 하늘로 가 있었다. 별이 정말 많았다. 보고 있으면 별은 점점 늘어났다.

택배 기사 민호가 고개를 들어 하늘을 바라봤다. 별은 그때와 같다. 아니, 다르다. 나는 그때와 다르다. 민호는 자신의 얼굴을 비추는 불빛을 보고 고개를 숙였다. 흘러내리는 눈물을 닦아냈다.

"처음 오시는 분이라고 해서 기다렸습니다."

자신을 '야산팀장'이라고 소개한 중년의 남자는 나이에 비해 몸이 단단해 보였다. 민호는 차에 올라 남자의 수신호에 맞춰 차를 조금씩 후진했다. 남자가 택배 차의 짐칸을 탁탁 치는 소리가 들렸다. 민호는 시동을 끄고, 뒤쪽으로 걸어갔다. 차와 1미터쯤 거리를 두고 구덩이가 보였다. 민호가 가만히 서 있자, 남자가 말했다.

"짐을 내려야죠."

민호는 짐칸 문을 열고 안으로 들어갔다. 남자가 밖에서 불빛을 비춰주자 내부가 드러났다. 태수의 말처럼 자루 하나가 구석에 놓여 있었다. 뭔가 울퉁불퉁한 것이 안에 들어 있었다. 민호는 자루의 윗부분을 잡고, 짐칸 밖으로 끌고 가기 시작했다. 한손으로는 어림도 없을 만큼 무게가 나갔다. 두 손으로 있는 힘껏 잡아당기자, 자루와 내용물이 밀착되면서 형태가 드러났다. 틀림없는 사람이었다. 민호는 자루 손잡이를 놓치면서 뒤로 넘어졌다. 자루가 끌려오면서 바닥에 남긴 핏자국이 선명했다.

"이게 힘만 갖고 하면 안 돼요. 다 요령이에요. 안 그러면 허리 다쳐요."

짐칸 안으로 올라온 남자는 자루를 갈지자로 흔들면서 능숙하게 끌고 갔다. 남자는 짐칸 끝에 자루를 놓은 뒤, 그대로 구덩이를 향해 발로 밀었다. 짐칸에서 내린 남자는 근처에 꽂혀있던 삽을 빼 들고 흙을 자루 위로 덮기 시작했다.

"가보세요. 바쁘실 텐데."

민호는 짐칸 문을 닫은 뒤 구덩이를 돌아봤다. 자루는 이미 흙에 덮여 보이지 않았다. 민호는 시동을 걸자마자 가속 페달을 강하게 밟았다. 남자가 계속해서 삽질을 하고 있는 사이, 민호의 차는 빠르게 멀어졌다.

5분 전 상황이 까마득하게만 느껴졌다. 어쩌면 전생의 일 같기도 했다. 분명히 자루에 든 것은 사람이었다. 정확히 표현하자면 시체였다. 혹시 다른 동물의 사체를 보고 착각한 것은 아니었을까? 아니다. 자루에 드러난 형태만 본 것이었지만, 분명히 사람이었다. 스마트폰 화면이 갑자기 밝아졌다. 발신자를 확인하자 절로 한숨이 나왔다. 태수였다.

"끝났으면 보고를 해야죠. 오늘은 그냥 넘어가겠습니다. 다음부터는 일 끝나면 바로 보고하세요."

"알겠습니다."

"이것저것 생각이 많죠? 그래 봐야 머리만 아파요. 할 수 없잖아요?"

다정다감한 태수의 말투가 더욱 섬뜩했다.

"집에 가서 푹 쉬세요. 앞으로 할 일도 많아질 텐데. 그리고 오늘 처리한 건은 수수료 백만 원입니다."

이런 말을 거침없이 하고 있는 지점장은 도대체 어떤 인간일까? 누가 시체를 묻으라고 태수에게 시킨 걸까? 어쩌면 태수가 죽인 건 아닐까? 일을 겪고 보니 박스를 전해주는 일 따위 아무것도 아니었다.

"민호 씨 봐서 용재 씨도 특송 기사로 뽑아준 거예요. 남들보다 빨리 된 거 알고 있죠? 특혜 시비 감수하고 뽑아준 겁니다. 만약 차용재 씨가 특송팀 일을 관두게 되면, 모두 민호 씨 때문이라고 생각하겠습니다. 알아서 처신 잘하세요."

목에서부터 명치까지 살살 아파오기 시작했다. 통증은 점점 강해졌고, 어느 순간부터는 심장 뛰는 소리가 느껴졌다. 그 속도는 점점 빨라졌다. 낮이었다면 좋았을걸. 눈으로 볼 수 있는 다양한 것들에게 시선을 나눠주면, 그 시선을 따라 신경도 분산되었을 것이다. 하지만 지금은 오직 한 곳에 집중되고, 또 집중되었다. 그 한가운데에 태수가 있었다. 가정(假定)이 낳은 가정은 더 큰 가정을 낳았다. 그 뒤를 이어 '어떻게 하면 좋을까' 하는 질문이 꼬리를 물고 나타나 민호를 괴롭혔다. 어떤 수를 두더라도 태수는 민호보다 훨씬 더 계획적이고 꼼꼼하게 위협을 막을 것이다. 걱정을 할수록 모든 퇴로는 견고하게 막혔다. 민호의 마음은 빠져나갈 틈이 없는 공간으로 깊숙이 빠질 뿐이었다.

*

침대에 누워 있던 민호는 고개만 살짝 돌려 선아를 보았다. 선아는 그리 크지 않게 코를 골았다. 김밥집을 시작하면서부터 그랬던 것 같다. 민호는 거실로 나가 식탁 위에 있는 노트북의 전원을 켰다. 검색창에 '국가법령정보센터'를 입력하고 엔터키를 눌렀다. 공인노무사를 공부하던 때 자주 이용하던 사이트였다. 민호는 형법 조문을 살펴보기 시작했다. '사체 유기'는 '신앙에 관한 죄'로 분류되어 있었다. 죽은 이후에 벌어지는 일이라서 신앙과 연관을 지었을까?

제12장 신앙에 관한 죄

제161조(사체 등의 영득) 사체, 유골, 유발 또는 관내에 장치한 물건을 손괴, 유기, 은닉 또는 영득한 자는 7년 이하의 징역에 처한다.

7년 이하의 징역. 6개월이 될 수도 있고, 7년이 될 수도 있다는 의미였다. 구체적인 형량은 판사에 달려 있었다. 또한, 어떤 변호사를 수임하는지도 중요할 것이다. 민호는 계속해서 조문을 읽어나갔다.

제17장 아편에 관한 죄

제198조(아편 등의 제조 등) 아편, 모르핀 또는 그 화합물을 제조, 수입 또는 판매하거나 판매할 목적으로 소지한 자는 10년 이하의 징역에 처한다.

제204조(자격정지 또는 벌금의 병과) 제198조 내지 제203조의 경우에는 10년 이하의 자격 정지 또는 2천만 원 이하의 벌금을 병과할 수 있다.

최대 10년까지 징역에 처할 수 있다는 문구에서 민호의 시선이 멈췄다. 그래, 마약은 나쁜 것이니까 강하게 처벌하는 게 맞겠지. 만약 경찰에 체포된다면 어떤 혐의를 받게 될까? 마약을 넘겨주고 돈을 받았다는 것은 판매의 목적이라고 볼 수밖에 없다. 민호는 지금까지 그런 일을 도맡아 왔다. 과연 태수는 민호에게 죄가 없다고 경찰에게 말해줄까? 아마 민호에게 모든 죄를 뒤집어씌우려고 할 것이다. 제204조도 마음에 걸렸다. 10년 이하의 자격 정지는 걱정할 필요가 없었지만, 2천만 원 이하의 벌금을 병과할 수 있다는 내용이 또 하나의 고민거리를 제공했다. '병과(倂科)'라는 것은 형(刑)은 형대로 받고, 동시에 벌금을 부과하는 것이다. 결국 또 돈이었다. 거기에 선아와 아이들이 받을 충격은? 부모님과 친구들, 그리고 나를 아는 사람들은 어떻게 생각할까? 만일 태수가 보복을 한다면 막아낼 수 있을까?

민호는 공인노무사를 공부했지만 합격하지 못했다. 그래도 그때 공부한 내용이 가끔은 쓸모가 있었는데 지금은 아니었다. 아는 게 병이 되는 순간이었다. 어느 분야든 너무 많이 알면 겁이 많아질 수밖에 없다. 실행하기도 전에 부정적인 결말을 먼저 떠올리기 때문이다. 그렇게 되면 제대로 능력을 펼칠 수 없다. 아예 뭘 모르는 사람이 용감한 이유가 바로 거기에 있다. 태수가 체포되어 재판을 받는다면 여러 번의 사형과 수백 년 이상의 징역을 살아야 할 것이다. 문제는 현재 우리나라에서 그렇게 판결할 수 없다는 데 있었다.

"많이 피곤해 보여. 전보다 일찍 들어오는데 왜 그래?"

두 사람의 연애와 결혼 기간을 모두 합치면 15년이 넘었다. 서로의 모든 순간, 모든 감정을 지켜봤던 두 사람이 상대방의 얼굴에 드리운 그림자를 못 보고 넘어갈 리 없었다.

"어디 안 좋아?"

점심 손님이 막 끊기고 테이블을 닦다가 멍하니 있는 모습을 본 모양이었다. 민호는 다시 테이블을 빠른 손길로 닦아내며 말했다.

"괜찮아."

선아는 안다. 남편은 괜찮지 않다. 며칠 전만 해도 수수료가 많다면서, 1년만 하면 대출을 다 갚을 수도 있겠다고 좋아했다. 그런데, 갑자기 달라졌다. 가게에서는 별일이 없었기 때문에 택배 일 때문에 생긴 고민이라고 생각했다. 힘들면 그만두라는 말을 해야 하는데, 서로가 말뿐임을 알아도 말을 해야 하는데……. 하지 못했다. 선아는 저녁 장사에 쓸 대파와 양파를 도마에 올려놓고 일정한 크기로 잘랐다. 양파는 단맛을 주는 대신 사람의 눈물을 가져간다.

*

민호가 아파트를 나온 시간은 오후 9시쯤이었다. 운전석에 타자마자 누군가 조수석 문을 열었다. 그리고 한 남자가 차에 올라탔다.

"누구세요?"

남자는 민호 또래로 보였다. 남자가 자신의 윗도리 안쪽에 손을 집어넣는 순간, 민호는 자신을 공격하기 위해 무엇인가를 꺼내는 것이라고 생각했다. 지점장이 보낸 깡패가 분명했다. 민호가 문손잡이를 잡고 밖으로 나가려고 하자 남자가 민호의 어깨에 손을 올렸다. 그리고 민호의 얼굴 앞으로 자신의 신분증을 들이밀었다.

○○지방경찰청 광역수사대 경사 이원창.

원창은 친절하게도 신분증에 쓰여 있는 내용을 민호에게 읽어주었다. 그것도 글자 하나하나를 아주 또박또박. 도망치려고 했던 민호는 안도의 한숨을 내쉬다가, 다시 도망쳐야 하는지 고민했다. 자신의 혐의를 알고 잡으러 온 것일지도 모른다. 여기서 바로 체포될 것이다.

"어니스트 택배 특송팀에서 근무하시죠?"

"네."

"몇 가지 물어볼 게 있어서 왔습니다. 출근하시는 것 같은데 일단 출발하시죠."

민호는 체포가 아니라는 것에 일단 안도했다. 민호와 원창이 탄 차는 아파트 단지를 빠져나갔고, 그 뒤를 원창의 후배인 강 형사가 따라왔다. 민호는 운전하는 내내 앞만 보고 있었지만 원창의 표정을 보고 싶었다. 대답에 대한 원창의 반응이 궁금했던 것이다. 믿고 있는지, 아니면 거짓말이라고 생각하는지 알고 싶었다.

"그러니까 택배 상자 안에 뭐가 들어있는지 모르신다?"

반말도 아니고 존댓말도 아닌 원창의 말 속에는 의심을 넘어서는 강한 단정이 자리 잡고 있었다.

"저도 아는데, 고민호 씨가 모른다고요?"

"모릅니다. 전 그저 배송만 할 뿐입니다."

체포하는 걸까? 그 전에 말해야 하나? 그렇게 하면 형량이 줄어들까? 보복하면 어쩌지?

"이렇게 나오시면 곤란합니다. 가족 생각도 하셔야죠."

역시 체포였다. 그래도 어쩔 수 없었다.

"폭행당한 거 알고 있습니다."

그저 넘겨짚어 본 것일 뿐이다.

"협박 때문에 그런 거면 걱정 안 해도 됩니다. 걔네들 말만 그러는 거예요. 보복 범죄가 얼마나 중범죄인데. 진짜 그러면 김태수는 죽을 때까지 교도소에 있어야 돼요. 그런데 그렇게 하겠어요?"

형사 말이 맞는 것도 같았다.

"이런 식으로 계속 시간만 보내면 죄는 점점 커집니다. 6개월 살 걸 왜 10년을 살려고 하세요? 경우에 따라서는 집행 유예도 가능합니다. 고민호 씨는 어쩔 수 없이 한 거잖아요. 맞죠?"

민호는 고개를 끄덕일 뻔했지만 겨우 참았다.

"저한테 이러지 말고, 지금이라도 물류센터를 뒤지면 되잖아요? 그래서 뭔가 나오면 김태수를 잡아가세요. 그럼 되잖습니까?"

말을 하고 보니, 결국 자백한 꼴이 되었다. 애써 둘러말해봤자 헛수고였다. 형사는 단호했다.

"김태수는 일반 배송으로 위장된 소량의 마약을 전국 곳곳에서 받고 있습니다. 물론 보낸 주소는 실제로는 존재하지 않는 곳입니다. 아마 김태수 형제와 거래하고 있는 자들이 보낸 것이겠죠. 문제는 이게 겉으로 봐서는 일반 배송과 다를 게 없다는 겁니다. 그렇기 때문에 지금 물류센터를 뒤져서 택배 안에 있는 마약을 발견해도, 어니스트 택배가 어떤 역할을 했는지는 밝혀낼 수가 없습니다. 쉽게 말해서, 물건 속에 뭐가 들어 있는지 택배 회사가 어떻게 아냐고 김태수가 버티면 수사는 거기서 끝입니다. 그래서 고민호 씨 협조가 꼭 필요합니다."

현재 태수 일당이 벌이는 범죄 행위는 경찰로서도 처음 보는 형태였다. 과정 자체가 치밀한 탓에 심증만 있을 뿐, 결정적인 증거는 찾지 못했다. 원창은 물건 받을 사람의 주소를 받는 즉시 자신에게 보내달라고 했다. 마약 복용자를 현장에서 체포하면 태수가 눈치를 채고 마약 거래를 끊을 수 있기 때문에 주소만 확보할 생각이었다. 모든 증거를 확보해서 태수를 체포하고 난 뒤에, 물건 받은 사람들을 잡을 계획이었다.

"그게 언제죠?"

"조만간 그쪽에서 대량으로 마약을 들일 겁니다. 상세하게 말할 수는 없지만 그런 정보가 있습니다. 그때는 김태수가 그 자리에 있을 겁니다. 원래 의심이 많은 놈이라 그렇게 큰 건은 남에게 맡기질 않거든요. 그때 바로 치고 들어갈 겁니다."

원창은 물류센터 안에 마약이나 현금 혹은 장부를 숨겨놓을 만한 곳을 알게 되면 알려달라고 했다. 지나가는 듯 말했지만 실은 그게 민호를 찾아온 가장 중요한 이유 같았다. 마약 외에 태수가 벌이는 다른 범죄에 대해서는 궁금해하지 않았다. 일부러 그럴 수도 있겠지만, 민호가 볼 때 아예 모르는 눈치였다.

"혹시 마약 운반 외에 다른 일에 가담한 적도 있습니까?"

"없…… 없습니다."

원창은 민호가 수사에 협조해주면 집행 유예를 받을 수 있도록 조서를 작성해주겠다고 약속했다. 원창은 아무 대답도 없는 민호의 조끼에 자신의 명함을 넣어주고 차에서 내렸다. 과연 형사의 말대로 잘 끝날 수 있을까? 민호는 동료 형사가 타고 있는 차를 향해 걸어가는 원창의 뒷모습을 바라보다 출발했다. 빨리 용재에게 말해야 했다. 아직 용재는 깊이 관여하지 않았기에 문제될 게 없었다.

원창은 민호가 출발하는 모습을 보며 안전벨트를 했다. 강 형사가 물었다.

"협조하겠대요?"

"한 번에 그러겠다는 사람이 어디 있냐?"

"하긴, 잔뜩 쫄았을 텐데. 혹시 돈 때문에 그런 건 아니겠죠?"

"그럴 사람 같진 않던데. 저 사람은 조폭 출신도 아니잖아? 전과도 없고."

"그건 그렇고, 물류센터는 언제 조질 거예요?"

"출동할 때 알려줄게."

"형님, 나도 못 믿어요?"

"나도 몰라서 그래, 인마."

강 형사는 눈을 감고 있는 원창을 바라보다 시선을 돌렸다.

*

민호가 경찰로부터 제안—어떻게 보면 협박이지만—을 받은 지 3일이 지났다. 민호에게 있어서는 전과 별다를 게 없는 생활의 반복이었다. 선아와 김밥집에서 손님을 맞았고, 택배 물건을 돈과 교환했으며, 잠을 자는 대신 고민과 걱정을 했다. 거기에 지키지 못할 계획을 수도 없이 세웠고, 항상 자책으로 마무리했다. 용재는 팔을 다친 승희 대신 어머니의 간병을 해야 했기에 이틀 동안 물류센터에 나오지 않았다. 차라리 다행이었다. 용재의 얼굴을 보면 모든 것이 무너질 것 같았다.

민호는 때가 되었다고 생각했다. 더 이상 미루는 것은 의미가 없었다. 사회에 대한, 친구에 대한 죄가 더 커질 뿐이었다.

*

일반 배송 차량들은 대부분 승용차였다. 실내에 빈 공간이 없을 정도로 물건을 차곡차곡 쌓았다. 반면, 특송 기사들은 적으면 대여섯 개, 많아도 10개 미만의 물건을 배정받았다. 사무실에서 나온 태수가 누군가와 통화를 하면서 손짓으로 특송팀장을 불렀다. 그 사이, 용재는 배정받은 물건을 조수석에 싣고 차에 시동을 걸었다. 차를 출발시키려는 찰나, 민호가 용재의 차 앞을 막아섰다. 용재는 그 자리에 멈춰 민호가 지나가기를 기다렸다. 하지만 민호는 비켜설 생각이 없어 보였다. 민호가 운전석 쪽으로 다가왔다.

"왜 그래?"

"용재야, 미안하다. 나 때문에. 너, 이거 하지 말고 그만둬. 나쁜 새끼들이야. 더 하면 큰일 나."

사무실 앞에서 태수와 특송팀장이 용재와 민호를 보고 있었다. 민호 또한 태수의 시선을 알아차리고는 표정을 바꿨다. 민호는 차에서 내리려는 용재를 말렸다.

"일 끝나고 다시 얘기하자. 빨리 가봐. 조심하고."

용재는 민호가 택배 차에 오르는 모습을 지켜보다가 차를 움직였다. 뭔가 이상했지만 일단은 배송을 갈 수밖에 없었다. 용재는 핸들을 꺾어 입구 쪽으로 움직이면서, 한쪽에 나란히 서 있는 태수와 특송팀장을 쳐다봤다. 두 사람은 민호를 보고 있었다. 민호의 차량도 용재와 같은 위치에서 핸들을 꺾었고, 그와 동시에 태수와 눈이 마주치게 되었다. 민호는 태수의 시선에서 빨리 벗어나기 위해 속도를 높였다. 민호의 차가 물류센터 밖으로 나가자 특송팀장이 특송 기사 중 한 사람을 불렀다.

*

용재는 운전하는 내내 물류센터에서 봤던 민호의 표정이 떠올랐다. 여러 번 전화를 했지만 민호는 받지 않았다. 그 대신 문자 한 통을 보내왔다.

일 끝나고 순댓국집으로 와.

무슨 일이 있었던 걸까? 용재가 이런저런 생각을 하는 사이, 한 대학병원 장례식장에 도착했다. 주차장에서 5분쯤 대기하고 있자 누군가 밖으로 나와 주변을 살피는 모습이 보였다. 거리가 있어서 여자라는 것 말고는 알 수 있는 게 없었다. 차 바로 앞까지 다와서야 상복을 입은 젊은 여성이라는 것을 알 수 있었다. 용재는 운전석에 앉은 채, 창문만 내렸다.

"택배 때문에 오셨나요?"

이 말을 끝으로 용재와 여자의 맞교환이 끝났다. 여자는 장례식장으로 들어가는 대신, 반대편 주차장으로 걸어갔다. 여자는 승용차의 문을 열고 택배 박스를 안에 넣었다. 문을 잠근 뒤, 확인하듯 차량 손잡이를 두세 번 당겨보고, 장례식장으로 들어갔다. 특송 택배의 특징 중 하나는 물건을 받는 사람들의 행동이 다양하다는 것이었다. 얼굴을 꽁꽁 싸맨 사람, 술래잡기하듯 숨어 있다가 갑자기 튀어나오는 사람, 몇 번이나 장소를 바꾸는 사람……. 이상했다. 그리고 그날의 민호도 이상했다.

*

사무실에는 태수 혼자였고 누군가와 통화를 하고 있었다.

"오늘 확실해? 아까 전화 받고 준비는 했지. 그리고 물건 온다는 정보 준 새끼 누군지 좀 알아봐."

통화를 마칠 때 쯤 특송팀장과 미란이 안으로 들어왔다. 특송팀장은 태수의 건너편에 앉았고, 미란은 자신의 자리에 앉았다.

"금고에 아무것도 없지?"

"네."

미란의 대답에 이어, 특송팀장이 말했다.

"창고 안도 정리했습니다."

"오늘 특송팀이 갖고 나간 물건도 다 이상 없지?"

"네. 확실한 놈으로 꽉 채워놨습니다."

특송팀장의 말에 태수의 입 꼬리가 올라가며 웃음이 새어 나왔다.

"재밌겠네."

"그리고, 고민호 말인데요. 경찰 쪽에 붙을까요? 애가 너무 약해서.”

“두고 봐야지. 지금까지 별 일 없는 거 보면 괜찮은 것도 같고. 아니다 싶으면 정리하면 되잖아.”

“오늘은 센터까지 치고 들어오는 겁니까?”

“그럴 가능성이 큰데 와봐야 알아. 말이 새어 나갈까 봐 작전 날짜하고 장소는 맨 윗대가리 한두 놈 밖에 몰라. 출동하고 나서야 팀원들한테 알려주거든. 웬 꼴값들인지. 다 자신이 없으니까 그런 거지.”

“역시 사장님 정보력은 대단하십니다.”

그 말에 태수가 어깨를 으쓱해보였다. 미란은 두 사람을 물끄러미 바라보다가 시선을 돌렸다.

*

경찰에게 사체 유기에 대해서는 말하지 않았다. 영원히 말하지 않아도 된다면, 그렇게 할 작정이었다. 유기된 사람, 아니 사체에게는 못할 짓이었지만, 어쩔 수 없다고 생각했다. 여기서 멈추면 경찰 말대로 집행 유예도 가능할 것 같았다. 어떤 식으로든 벗어나야만 했다. 그렇지 않으면 결국 징역을 살게 되거나 태수의 손에 죽을 수밖에 없을 것이다. 자살할 생각은 수도 없이 했다. 나만 없으면 아무것도 밝혀지지 않을 것이고, 그렇게 되면 태수도 보복하지는 않을 것이라고 생각했다. 하지만, 용재가 있었다. 용재가 특송팀에 온 것은 결국 자신의 탓이었다. 어니스트 택배를 추천한 것은 민호 자신이었다. 용재 또한 결국 자신과 같은 상황이 될 수밖에 없을 것이다. 태수의 협박과 강요 때문에 더한 범죄를 저지르는 것.

경찰에게 들은 바로는 특송팀 기사들은 대부분 조직폭력배를 비롯한 범죄자들이라고 했다. 태수의 형인 강수의 부하들. 용재가 그 속에서 버텨야할 것을 생각하면 가슴이 답답했다. 모든 고리를 끊는 역할은 어느 누구도 아닌 민호의 몫이었다. 차를 한쪽에 세운 다음 주머니에서 원창의 명함을 꺼냈다. 사무실에서 전송받은 배송지 주소를 그대로 원창에게 넘기며 어니스트 물류센터 뒤쪽 출입구와 나란히 있는 창고가 수상하다는 내용을 남겼다. 특송팀 기사이자 자신의 친구인 차용재는 자신의 추천으로 회사에 들어왔고, 특송팀 기사를 하고 있지만 며칠 되지 않아서 마약과 관련된 내용은 전혀 모른다는 말도 함께.

30분이 걸려 도착한 민호의 첫 번째 배송지는 공장과 창고가 모여 있는 지역이었다. 한 공장 앞에서 5분 남짓 기다렸을 때, 후드티를 깊게 눌러쓴 남자가 다가왔다. 민호와 남자의 교환이 마무리되고 남자가 돌아서서 가려고 하는 순간이었다. 공장 주변에 숨어 있던 정체불명의 사람들이 뛰어나와 남자를 쓰러뜨렸다. 운전석에 있던 민호는 갑자기 일어난 일 때문에 당황스러웠다. 남자 중 한 명이 후드티 남자로부터 박스를 뺏은 다음, 민호에게 다가왔다. 바로 원창이었다.

"여기 왜 오신 거죠? 김태수부터 먼저 잡기로 한 거 아닌가요?"

"걱정 마세요. 달라질 건 없으니까."

걱정하지 않을 수가 없었다. 조금이라도 상황이 달라지는 것에 민호의 목숨이, 가족의 목숨이 달려 있었다. 경찰에게는 하나의 성과에 불과하겠지만 민호에게는 그렇지 않았다.

"왜 갑자기……."

"전에 얘기한 대로 오늘이 그날입니다. 물류센터에도 지금쯤 형사들이 도착했을 겁니다. 빨리 끝내는 게 서로 좋지 않겠어요?"

원창의 말대로 빨리 끝내면 당연히 좋겠지만……. 갑작스럽게 변경된 계획 때문에 불안한 것인지, 아니면 앞으로 있을 일에 대한 막연한 불안감인지는 몰라도 가슴이 조마조마하고 떨렸다. 원창은 손에 들고 있던 택배 박스의 테이프를 떼고 내용물을 확인했다. 민호는 자신이 전에 본 것처럼 당연히 마약이 들어있을 것이라고 생각했다.

"어? 이게 뭐야?"

원창의 입에서 흘러나온 말은 민호를 불안하게 만들었다. 민호는 원창이 박스 안에서 꺼낸 내용물을 바라봤다. 실리콘으로 만들어진 성인용품이었다. 원창은 민호의 택배 차 조수석 쪽으로 뛰어가 문을 열었다. 그리고 조수석 위에 포개놓은 박스를 하나씩 살펴보기 시작했다. 처음 열어본 상자와 비슷한 종류의 성인용품도 있었고, 화장품, 장난감도 들어 있었다. 하지만 어디에도 마약은 없었다. 그때 원창에게 전화가 걸려왔다.

"뭐? 없다고? 창고 확인해봤어?"

'창고'라는 말을 하면서 원창은 민호를 바라봤다. 민호가 가장 의심스럽다고 문자로 남긴 곳이었다. 원창은 욕을 내뱉으면서 전화를 끊었다. 어두운 차 안을 비추고 있는 것은 달랑 실내 조명 하나였지만, 민호의 멍한 표정은 차 밖에서도 선명하게 보였다. 태수가 눈치를 챈 것이다. 그래서 내용물을 몽땅 바꿔놨고, 창고에서도 마약을 치운 것이다.

"정신 차리고 제 얘기 잘 들으세요. 일단 이 박스는 다시 원상태로 붙여서 배송하세요. 경찰이 간다는 걸 김태수가 어디서 들었는지는 몰라도 고민호 씨하고는 상관이 없어요. 물류센터 압수수색은 경찰 내부에서 결정한 거니까. 김태수가 고민호 씨를 의심할 이유가 없다는 거예요. 무슨 말인지 알겠어요?"

원창의 말로는 경찰의 수색 정보를 태수가 사전에 입수해서, 물류센터를 정리함과 동시에 민호뿐 아니라 특송팀 전체의 배송 물건에 마약 대신 다른 걸 넣어놨을 거라고 했다. 그렇기 때문에 아무 일 없었던 것처럼 배송한다면 민호를 의심할 이유가 없었고, 방금 전에 잡은 남자는 경찰서로 데려가 마약 상습 투여로 구속하면 되기에 이 역시 문제될 게 없다고 말했다.

원창은 차에서 테이프를 꺼내 택배 박스를 다시 포장했다. 원창의 말이 확실히 틀렸다고 할 수는 없었지만, 상대는 김태수였다. 찝찝하고 또 찝찝했다. 원창은 민호에게 오늘 배정받은 물건을 모두 배송할 때까지 같이 따라다니면서 보호해주겠다고 했다.

두 번째 배송지를 향해 출발하는 민호의 마음은 설명하기조차 어려웠다. 극도의 불안감은 마치 갈라진 배 사이로 내장이 흘러나오는 듯 고통스러웠다. 이 상황을 벗어날 수만 있다면 실제로 몸이 그렇게 되더라도 참을 수 있을 것 같았다. 민호는 사이드미러를 보면서 경찰이 계속 자신을 따라오고 있는지 확인했다. 오늘은 그렇다 치더라도 당장 내일부터는 어떻게 해야 하나? 걱정하는 사이, 두 번째 배송 장소에 도착했다. 문자에서 지시한 대로 아파트 1층 주차장에 차를 세웠다. 민호는 피곤한 데다 두통까지 심해져 눈을 감았다. 창문 두드리는 소리에 눈을 뜬 민호는 옆으로 고개를 돌렸다. 헬멧을 쓴 채, 오토바이에 앉아 있는 남자가 보였다. 남자는 오토바이에서 내려 봉투를 내밀었다. 민호가 봉투를 잡는 순간, 남자가 민호의 팔을 잡아당기면서 칼로 그대로 목을 찔렀다. 민호는 소리 한 번 제대로 질러보지 못한 채 양손으로 목을 감쌌다. 차에서 내린 형사들이 뛰어왔지만, 남자는 오토바이를 타고 아파트 단지를 가로질러 순식간에 사라졌다. 형사들이 달려가 운전석 문을 열었다. 민호는 피투성이가 된 채, 고개를 숙이고 있었다.

*

용재와 도건, 그리고 해일이 나란히 서서 같은 곳을 바라보았다. 한 사람씩 차례로 향에 불을 붙여 향로에 꽂았다. 피어오르는

향 사이로 민호의 영정 사진이 보였다. 두 번 절을 한 세 사람의 시선은 이제 옆에 서 있던 상복 차림의 선아를 향했다. 서로 마주 보며 고개를 숙이는데, 선아가 울음을 터트렸다. 그러자 옆에 서 있던 아이들도 따라 울기 시작했다. 민호의 친척 중 한 명이 다가와 선아와 아이들을 달랬다. 하지만 세 사람의 울음소리는 더욱 커졌다.

용재 일행은 상 앞에 자리를 잡았다. 용재는 도건이 따라주는 술을 받으면서 조문객들을 살폈다. 전부터 민호와 함께 일했던 일반 택배 기사들이 몇 명 보였다. 용재는 민호가 마지막으로 자신에게 했던 말을 계속해서 되뇌었다.

"용재야, 미안하다. 나 때문에. 너, 이거 하지 말고 그만 둬. 나쁜 새끼들이야. 더 하면 큰일 나."

세상을 살아가는 그 어떤 사람도 이렇게 떠나서는 안 된다. 민호는 누구보다 열심히 살았던 사람이었다. 좋은 남편이었고, 아빠였고, 친구였다. 민호가 세상을 떠난 것은 강도 때문이라고 했다. 범인은 잡지 못했고, 수사 중이라는 말을 끝으로 더 이상의 정보는 들을 수 없었다. 하필이면, 그런 말을 남기던 날 이렇게 되다니.

"택배 기사가 무슨 돈이 있다고?"

보통의 택배 기사라면 본인의 돈 몇만 원이 전부였겠지만, 특송팀 기사라면 얘기는 달라졌다. 한 번 물건을 전해줄 때마다 3백만 원 정도 현금을 받았고, 일을 모두 끝내고 입금할 때 보면 평균 천만 원 이상 되었다. 용재의 경우에도 최고 3천만 원까지 물건 값을 입금한 적이 있었다. 그 돈을 노린 것일까? 그렇다면 특송팀에 대해 잘 알고 있는 사람이 한 짓이라는 얘기였다. 민호의 마지막 말이 귓가에 맴돌았다. '이거 하지 말고'에서의 '이거'는 특송 택배를 의미하는 것일 테고, '나쁜 새끼들'은 특송과 관련된 자들일 것이다. 지점장, 팀장, 기사들……. 복수형의 표현을 썼으니 대상은 다수일 것이다. 유력한 인물을 하나씩 추려야 했다. 일단 지점장이 그중 하나임은 어렵지 않게 알 수 있었다. 그리고 가장 중요한 단어 하나가 남아 있었다. '큰일'. 어쩌면 민호가 알려주고 싶었던 가장 중요한 사실이 숨어 있는지도 모른다. 돈이나 협박? 아니면 죽음? 용재는 반드시 알아내야 한다는 의무감에 휩싸였다. 그것은 민호를 위한 일이면서 동시에 자신에게 닥쳐올 미래이기도 했다.

그렇게 몇 시간이 흘렀다. 용재는 화장실에 가기 위해 빈소를 나왔다. 복도에는 조화들이 나란히 놓여 있었다. 걸어가던 용재의 눈에 조화 하나가 들어왔다.

어니스트 택배 김태수 / 삼가 고인의 명복을 빕니다.

세면대에서 손을 씻고 있는 용재의 옆으로 한 남자가 다가왔다. 남자는 물을 틀어 손을 씻기 시작했다. 화장실 출입구 앞에도 일행인 것처럼 보이는 남자가 서서 용재를 바라보고 있었다.

"차용재 씨 되시죠?"

용재에게 말을 건넨 사람은 원창이었고, 출입구 앞에 있는 사람은 강 형사였다. 용재가 손의 물기를 닦으며 원창을 쳐다봤다. 원창은 신분증을 꺼내 보였다. 용재는 경찰이 왜 여기 있는지, 왜 자신에게 신분증을 보여주는지 이해가 가지 않았다. 민호가 죽은 현장에서 주변 CCTV라도 확인해야 하는 것은 아닌지 물어보고 싶었다. 그리고 또 하나, 자신의 이름은 어떻게 알았는지도 궁금했다.

"고민호 씨는 저희에게 어떤 제보를 하셨습니다. 지금 저렇게 되신 것도 그 일과 관련이 있습니다."

원창을 바라보는 용재의 시선이 달라졌다.

"차용재 씨는 고민호 씨 소개로 어니스트에 들어갔고, 얼마 전부터 고민호 씨처럼 특송팀에서 일한다고 들었습니다. 맞습니까?"

"민호가 죽은 게 회사와 관련이 있는 건가요?"

"전혀 아는 게 없습니까?"

"어떤 걸 알아야 하는 거죠?"

원창은 명함을 용재에게 내밀며, 자세한 얘기는 전화로 하자고 했다. 그렇게 해야 하는 이유 중에 하나는 용재도 위험해질 수 있기 때문이라는 말을 덧붙였다. 누군가가 화장실 안으로 들어오는 인기척이 들리자, 원창과 강 형사는 서둘러 밖으로 나갔다. 용재는 명함을 주머니에 넣고 다시 빈소 쪽으로 걸어갔다. 조화 리본에 쓰여 있는 '김태수'라는 글자가 아까와는 다른 느낌으로 다가왔다. 용재는 빈소 안으로 들어가 도건의 옆에 앉았다.

"전에 했던 거 한 번만 더 해야겠다. 어니스트 택배하고 관련된 모든 자료 다 받아줘. 네가 받을 수 있는 건 모두 다. 컴퓨터 자료, 센터 CCTV 녹화된 것까지 모두."

술을 빨리 마신 탓인지, 도건은 이미 만취한 상태였다. 도건은 용재를 멍하니 바라봤다. 용재는 혼잣말처럼 작게 말했다.

"틀림없이 민호하고 관련이 있을 거야."

*

아침 6시, 민호의 관은 빈소를 나와 버스에 실렸다. 이틀 내내 용재는 하나의 생각만 했다. 그날 아침, 순댓국집에서 만났다면 민호는 어떤 말을 했을까? 화장이 진행되는 동안 여기저기서 유족들의 울음소리가 그치질 않았다. 마음을 다잡다가도 다른 망인의 유족이 내는 울음소리에 다시 합류하기 일쑤였다.

한 시간이 지나자 불은 인간의 살과 피를 모두 날려버렸다. 결국 뼈까지 누렇게 만들고 나서야 기다리는 이들의 앞으로 남은 흔적을 툭 뱉어냈다. 마스크를 한 작업자들이 뼈를 모아 가루로 만들기 시작했다. 가루로 만드는 이유는 뿌리기 쉽게 하기 위해서일까? 아니면 정말 한 줌만 남는다는 것을 굳이 증명하기 위해서일까? 직원이 보자기를 넓게 펼친 후 그 안에 유골함을 놓고 보자기 네 귀퉁이를 잡아 올려 매듭을 지었다.

민호는 아내와 아이들, 그리고 친구들이 보는 가운데 한 그루 나무 아래 묻혔다. 그렇게 민호는 갔다.

폭풍 속으로

어제와 같은 오늘은 없고, 오늘과 같은 내일도 없다. 작은 무엇 하나라도 분명히 틀린 그림이 있는 것이다. 그렇기에 완벽한 일치란 있을 수 없다. 그럴 줄 알고는 있었지만, 어제와 너무 다른 출근길이었다. 내 차가 내 차가 아니었고, 그 길이 그 길이 아니었다. 손가락이 알아서 키보드를 두드리듯이 몸에 배어 있는 기억이 차로 이끌었고 길을 찾아가게 했다. 민호의 소개로 택배 일을 시작한 용재였다. 이제 민호가 없다고 생각하자 물류센터로 출근하고 싶지 않았다. 하지만 어쩔 수 없었다. 택배를 하면서 이력서를 낸 곳이 수십 군데는 될 텐데, 얼굴 한번 보자는 곳이 없었다.

입원한 어머니는 1차 수술을 받았고 이제 곧 2차 수술에 들어가야 했다. 그 얘기는 보호자의 손에 돈이 준비되어 있어야 한다는 뜻이었다. 수술비와 간병비, 그 외에 얼마나 더 들어갈지는 이미 용재의 머릿속에서 계산이 끝난 상태였다. 집에서 어떤 것을 챙겨야 하는지도 잘 알고 있었다. 용재의 스마트폰에 저장된 준비물 목록에 따라 그대로 가방에 넣기만 하면 끝이었다. 그 목록은 몇 년 동안 수십 번에 걸쳐 수정된 것으로, 병원 입원 경험이 없는 사람에게는 유용한 자료가 될 수도 있었다. 그만큼 어머니는 아팠고, 그래서 돈이 필요했으며, 용재는 출근해야만 했다.

물류센터에 거의 도착했을 때 원창으로부터 전화가 걸려왔다. 원창은 그동안의 일을 설명했다. 어니스트 택배에 대한 수사, 민호와의 만남, 그리고 민호가 공격받았던 당시의 내용까지. 원창은 마지막에 가서야 전화의 목적을 밝혔다. 태수의 범죄를 밝히기 위해 용재의 도움이 필요하다고 했다. 용재가 생각할 때, 민호를 죽게 만든 사람이 태수라는 결정적인 증거가 없었다. 그저 태수를 수사하고 있었는데 그 사실을 알게 된 태수가 누군가를 시켜 민호를 공격하게 했을 것이라는 형사의 막연한 추측만 있을 뿐이었다. 그것도 민호를 죽음으로 몰고 간 무책임한 자의 추측. 왜 경찰이 해야 할 일을 민호에게 떠넘겼을까? 그런 생각이 들자, 원창의 말이 귀에 들어오지 않았다. 그저 귓가를 맴도는 소음 같았다.

"차용재 씨, 친구가 살해됐습니다. 범인을 잡아야 하는 거 아닌가요? 친구로서……."

용재는 원창의 말을 가로막았다.

"저도 죽으라는 얘긴가요? 그렇게밖에 안 들리는데요. 그리고 저한테 무언가를 요구하기 전에, 먼저 경찰로서의 의무를 다하시죠. 경찰이 철저하게 수사를 했다면 민호는 죽지 않았어요."

원창은 용재의 감정이 더 격해지는 것을 막기 위해 잠시 침묵했다.

"형사님은 아니라고 하겠지만, 수사 정보를 김태수가 미리 알고 있었던 건 아닐까요?"

"지금 차용재 씨가 어떤 걱정을 하는지 잘 알고 있습니다. 본인을 위하는 게 어떤 건지 신중하게 다시 한번 생각해보세요. 결정이 빠르면 빠를수록 차용재 씨한테도 좋을 겁니다."

민호는 얼마나 힘들었을까? 고민하고 또 고민했을 것이다. 그 고민 안에 자신도 있었을 것이라는 생각을 하자, 용재는 더 견디기 힘들었다. 이제부턴 돈이 문제가 아니었다. 민호의 한을 풀어줘야 했다. 구체적으로 어떻게 할지는 떠오르지 않았지만, 시간이 얼마나 걸리든 복잡한 실타래를 풀어 그 끝에 있는 자들을 세상에 드러내고 싶었다.

*

큰 사건이 있었지만 물류센터의 밤은 다른 날과 같았다. 배정 구역을 확인해서 물건을 자신의 차로 옮기는 일반 택배 기사들. 배정된 물건을 택배 차에 싣는 특송팀 기사들. 태수는 사무실 창 앞에 서서 기사들의 행동을 살피고 있었다. 가장 오래 시선을 잡는 사람은 단연 용재였다. 웃음기는 사라지고 없었지만, 그 외에는 보통 때와 같았다. 가슴이 아픈 것은 아픈 것이고, 다시 생활로 돌아올 수밖에 없을 것이다. 슬프고 괴롭다고 해서 세상이 공짜로 뭔가를 주지는 않는다. 빨리 기억을 털지 않으면 본인만 어려워진다. 특히, 용재의 경우에는 가족 문제까지 결부되어 있었다. 태수는 결국 자신의 예상대로 용재가 움직일 것이라고 생각했다.

특송팀 기사들 중에서 가장 빨리 물류센터를 나선 사람은 용재였다. 교차로에 진입하기 직전, 신호가 바뀌었고 용재는 그 자리에 멈춰 섰다. 신호등을 보고 있던 용재가 고개를 옆으로 돌렸다. 용재의 시선은 택배 박스를 향했다. 박스 쪽으로 손을 올리는 순간, 뒤차가 경적을 울렸다. 용재는 바뀐 신호를 보고 다시 운전대를 잡았다.

30분 뒤, 용재는 경기도 외곽의 연립주택 단지에 도착했다. 건물 앞에 주차를 한 뒤, 시동을 끄고 누군가를 기다렸다. 앞쪽에서 한 남자가 걸어왔다. 모자를 쓰지도 않았고 마스크를 쓰지도 않았다. 이런 경우는 처음이었다. 남자는 용재에게 박스를 넘겨받았고 왔던 길로 가는 대신 건물 안으로 들어갔다. 연립주택은 엘리베이터가 없었기 때문에 남자는 계단을 통해 위층으로 올라갔다. 용재는 고개를 차 밖으로 빼서 연립주택을 올려다봤다. 남자가 지나간 층은 차례대로 불이 켜졌다가 이내 꺼졌다. 1층, 2층, 3층. 남자가 더 이상 올라가지 않는지 4층 불은 켜지지 않았다.

잠시 후, 3층 불이 꺼졌다. 남자의 목적지는 3층이었다. 용재가 고개를 내리는 순간, 3층 불이 다시 켜졌다. 그 이후에도 3층 불은 점멸을 반복했다. 남자는 집으로 들어간 것이 아니라, 계단 쪽에 있다는 얘기였다.

용재는 차에서 내려 곧바로 건물 안으로 들어갔다. 2층으로 향하는 계단의 불이 켜졌다. 2층을 지나 도착한 3층. 남자는 벽에 등을 기대고 계단참에 앉아 있었다. 남자의 옆에 떨어져 있는 주사기와 빈 주사액 병이 용재의 시선을 잡아끌었다. 박스 안에는 주사액이 하나 더 남아 있었다. 남자는 눈을 뜨고 있었지만 초점 없이 멍한 표정으로 침을 흘리고 있었다. 영화나 텔레비전에서 봤다면 크게 와닿지 않을 장면이었다. 하지만 실제로 눈앞에서 보자, 온몸이 떨렸다. 갑자기 배가 아프고 화장실에 가지 않으면 금방이라도 쏟아낼 것 같은 기분이 들었다. 용재는 아래로 내려가기 위해 몸을 돌렸다. 한 발 한 발 천천히 내딛으며 내려왔다. 빨리 내려가고 싶었지만, 마음과 다르게 몸은 제대로 움직이지 않았다. 다리는 내려가려는데 몸이 자꾸만 그 자리에 주저앉으려고 했다.

운전석에 앉아 시동을 건 뒤 주변을 살폈다. 꼼꼼하게 흔적을 찾아봤지만 아무도 없었다. 전조등을 끄고 차를 천천히 움직였다. 가로등 불빛과 운전 경험의 감에 의지해 큰길까지 나와서야 다시 전조등을 켰다. 용재는 불안한 마음에 넓고 환한 길을 따라 계속 달렸다. 그러다 갑자기 속도를 줄이고, 갓길에 차를 세웠다.

혹시라도 따라온 차가 있는지 확인했다. 지나쳐가는 차 자체가 없었다. 용재는 여러 개의 박스 중에서 하나를 골랐다. 그리고 테이프를 뜯은 뒤, 내용물을 살펴봤다. 반지나 귀걸이가 들어갈 만한 3개의 작은 비닐에 각각 가루가 들어 있었다. 다른 박스를 뜯어봤지만 마찬가지였다. 차이점이 있다면 비닐의 개수가 다르다는 점이었다. 나머지도 모두 뜯어보았다. 하나는 연립주택 계단참에서 봤던 것과 같은 주사액이 들어 있었고, 마지막 박스에는 남녀 커플의 알몸 사진이 들어 있었다. 무슨 용도인지 생각할 겨를도 없이 심장이 가슴을 뚫고 나올 것 같았다. 창문을 열고 바람을 쐰 뒤, 생수 한 병을 단숨에 비웠다. 빠른 심장 박동 때문에 온몸의 에너지가 소모된 것인지, 계속해서 심한 갈증이 일었다.

지금 당장 내가 해야 할 일은 뭘까? 어떻게 해야 할까? 원창에게 전화를 해서 마약을 가지고 있다고 할까? 아니다. 나한테 마약이 있다고 해서 김태수에게 죄를 물을 수 있는 건 아니다. 김태수는 오히려 나를 몰아붙이겠지? 내용물을 본 이상 나를 죽일지도 몰라. 그래, 경찰과 얘기했다는 걸 알면 분명히 그럴 거야. 그냥 어디론가 숨을까? 어머니와 승희는? 셋이 함께 숨어 있으면 되지 않을까? 언제까지? 질문과 대답, 그리고 비난이 꼬리에 꼬리를 물고 계속되었다. 이제 김태수가 어떻게 나올까? 정말 김태수가 민호를 죽였다면 나도 그렇게 하겠지? 모든 생각을 떨쳐버리려는 듯, 용재는 고개를 좌우로 세차게 흔들었다. 그리고 눈을 감고 숨을 깊게 들이마셨다. 양쪽 폐 가득 공기를 머금고 있다가 천천히 숨을 내쉬었다.

'이래선 안 돼.'

용재는 문자로 받은 배송지 주소를 모두 캡처하고, 박스 안에 들어 있던 내용물의 사진을 찍어 자신의 이메일로 보냈다. 스마트폰에는 어떤 흔적도 남지 않도록 모두 지웠다. 바로 그때, 전화가 걸려왔다. 화면에 '김태수 지점장'이라는 표시가 나타났다. 용재는 주변을 살피며 전화를 받았다.

"여보세요?"

"차용재 씨, 지금 뭐하세요?"

"네? 배송하고 있습니다만."

"아, 그러시구나? 지금 시간이면 최소한 두 번째 물건까지는 배송했어야 되는데, 완료 문자가 하나도 안 들어와서요. 혹시 무슨 문제가 있나 하고 전화했어요. 아무 일 없죠?"

"깜박하고 문자를 못 했습니다. 죄송합니다. 첫 번째 물건은 배송했습니다. 손님이 늦게 오는 바람에 생각보다 시간이 좀 걸렸습니다."

태수는 수고하라는 말을 남기고 전화를 끊었다. 아직은 용재가 내용물을 확인했는지 태수는 모르는 상태였다. 평소대로 물건을 고객에게 갖다주면 아무 문제도 없을 것이다. 용재는 조수석 글러브 박스에서 투명 테이프를 꺼내 박스를 포장한 뒤 두 번째 배송지를 향해 빠른 속도로 움직였다. 그날의 마지막 배송 물건은 사진이 든 박스였다. 5백만 원과 사진을 교환한 사람은 사진 속에 있던 남자였다. 남자는 걸어가면서 박스를 열더니 사진을 꺼내고 박스를 바닥에 던졌다. 사진을 들여다보던 남자는 신경질적으로 사진을 찢었다. 금방이라도 땅에 뿌릴 듯 박력 있었지만, 추억의 조각들은 남자의 주머니 안으로 조용히 들어갔다.

*

용재는 비밀을 알게 된 후부터는 도저히 잠을 잘 수 없었다. 눈을 감아봐도 뇌는 긴장을 늦출 생각이 없었다. 그 대신, 끔찍한 장면을 더욱 뚜렷이 용재에게 각인시켰다. 뇌의 주인이 용재가 아니라 용재의 주인이 뇌였다. 어떻게 할지 수십 수백 번의 시뮬레이션을 돌려봤지만 완벽한 모델을 찾을 수는 없었다. 그 완벽이란 태수의 보복으로부터 자신과 가족이 아무런 피해를 입지 않는 것이었다. 걱정의 단계가 순식간에 상향되자 그 외의 걱정은 더이상 걱정거리가 아니었다. 어떻게 할지 확실히 정하지는 못했지만 다음의 모든 것을 만족시킬 수 있는 방법이 필요했다.

(1) 범죄의 조력 활동을 멈춰야 한다.

(2) 김태수의 모든 범죄 행위가 밝혀져야 하고 그는 죗값을 치러야한다.

(3) 김태수의 보복을 피할 수 있어야 한다.

(1)번은 언제든지 마음만 먹는다면 할 수 있는 일이었다. 하지만 (2)번과 (3)번까지 동시에 이뤄지지 않으면 의미가 없었다. 오히려 태수가 눈치를 채고 용재가 나머지 두 가지 일을 하기도 전에 보복할 것이 분명했다.

용재는 출근하기 전에 어머니가 입원한 병원에 들렀다. 하루하루 살이 더 빠지는 것처럼 보였다. 지금은 전이된 부분만 절제했기 때문에 혼자서 움직일 수 있었지만, 다음 주에 고관절 수술을 하고 나면 그때부터는 간병인이 필요할 것이다. 승희가 날짜에 맞춰서 간병인이 올 수 있도록 예약을 했다. 그래도 이제는 좀 컸다고 용재의 수고를 많이 덜어주었다.

용재는 병원을 나서면서 계속해서 방법을 생각했다. 세 가지를 모두 충족할 수 없다면, 태수의 범죄 행위를 밝히는 것은 미뤄질 수밖에 없었다. 그리고 세 가지 중에서 딱 하나만 선택할 수 있다면 그건 보복을 피하는 것이었다. 물론, 용재도 알고 있었다. 민호의 죽음에 태수가 중요한 역할을 했다면 그것을 밝힐 수 있는 사람은 자신뿐이라는 사실을. 또한, 그렇게 하는 것이 친구로서의 의리라는 것을. 하지만 방법이 떠오르지 않았다. 김태수를 죽이고 자살할까? 가족을 위해서라고 생각한다면 못 할 것도 없었다. 하지만 사람을 죽이는 것은 범죄다. 합당한 이유가 있다고 외치고 싶었지만, 사실은 모두 핑계였다. 게다가 승희 혼자 어머니를 보호할 수는 없을 것이다. 또다시 원점으로 돌아왔다.

*

   용재는 배당받은 물건을 운반 수레에 실어 택배 차로 가고 있
었다.

"차용재 씨! 지점장님이 부르시네."

   용재는 특송팀장의 말을 듣는 순간 현기증이 났다. 하지만 이
런 용재의 반응을 알아차린 사람은 아무도 없었다. 모든 일은 평
소대로 평화롭게 진행되고 있었다. 용재는 수레를 차 옆에 놔둔
채 사무실로 걸어갔다.

   '사무실 밖으로 못 나오는 건 아닐까? 아니면, 어디로 끌고 가
려는 걸까? 만일 그러면 어떡하지? 아니야, 지점장은 아직 몰라.'

   사무실로 들어간 용재는 태수의 손짓에 따라 소파에 앉았다.
생각이 얼굴에 떠오르지 못하도록 마음을 다잡고 또 다잡았다.
태수는 아무 말 없이 용재를 쳐다봤다. 용재는 시선을 피하려다
가 결국 태수와 눈이 마주쳤다.

   "특별히 용건이 있어서 부른 건 아닙니다. 민호 씨 일도 있고
해서. 커피 한잔 하자고 부른 겁니다."

   용재는 미란이 가져다준 믹스 커피를 한 모금 삼켰다. 마주 앉
고 보니 느낌이 달랐다. 태수가 뭔가 알고 있다는 생각이 강하게
들었다. 죽은 사람을 그리워할 사람도 아니었고, 친구 잃은 슬픔
을 위로해줄 사람은 더더욱 아니었다. 본인은 용건이 없다고 했
지만 거짓말이다. 경고를 하려는 것일까? 사무실 안에는 미란도

있었기 때문에 협박을 하지는 않을 것 같았다. 하지만 미란도 한 패라면 얘기는 달라진다.

"사람한테 문제가 생기는 걸 자세히 살펴보면 공통점이 하나 있어요. 자기한테 주어진 임무를 벗어나는 순간, 문제가 생기더라고요. 어떤 분야라도 마찬가지예요. 택배 기사의 임무가 뭡니까? 배송지 주소대로 갖다주기만 하면 되는 거 아닌가요? 그게 어려워요? 택배 보내는 사람은 우리를 믿고 보냈는데, 물건이 안 가면 어떡해요? 택배는 물류 유통업 플러스 서비스업이에요. 서비스업에 종사하는 사람이 고객을 실망시키면 안 되겠죠?"

태수는 자신의 말뜻을 이해할 시간을 주는 듯, 커피를 한 모금 마셨다.

"민호 씨 열심히 한 거 잘 알아요. 나도 보고 싶어요. 이렇게 돼서 안타깝긴 하지만, 할 수 없잖아요? 용재 씨, 내가 믿습니다."

알고 있다면 어디까지 알고 있을까? 형사를 만난 일? 아니면, 박스를 뜯어서 내용물을 본 일? 아냐, 이 사람은 아무것도 몰라. 그저 내가 생각이 많고, 걱정이 많을 뿐이야. 맞아, 그거야. 용재는 커피를 어느 정도 마신 다음, 자리에서 일어났다. 용재가 사무실 문손잡이를 잡는 순간, 태수가 한마디 던졌다.

"어머니는 병원에 잘 계세요? 수술은 언제 하시나? 한 번 가봐야 하는데. 동생도 잘 있죠?"

용재는 대꾸할 필요성을 느끼지 못하고 그대로 사무실을 나섰다. 태수는 자신의 책상 앞에 앉았다. 잠시 후 문자 도착 알림이 울렸고 내용을 확인한 태수의 얼굴은 짜증으로 가득했다.

"이 새끼들이 또! 서 대리, 가서 금고 정리해. 팀장한테도 창고 정리하고 택배 물건 손보라고 해. 손님들한테는 택배 지연 문자 보내고."

미란은 열쇠를 꺼내면서 태수의 표정을 살폈다. 그리고 별다른 의미 없는, 정말 아무것도 아니라는 투로 태수에게 물었다.

"매번 정보를 주는 사람이 있으신가봐요?"

태수가 아무 대답이 없자, 미란은 서랍을 닫으며 고개를 들었다. 태수는 고개를 약간 비스듬히 옆으로 한 채 미란을 보고 있었다. 정말 화가 났을 때, 뭔가 일을 저지르기 전에 태수가 짓는 표정이었다.

"죄송해요. 전 그냥 궁금해서."

태수는 소파에서 일어나 미란에게 다가갔다.

"묻지도 않았는데 먼저 말을 꺼낸 게 얼마 만인지 모르겠네? 갑자기 그게 왜 궁금해졌을까? 난 그게 참 궁금하네."

태수가 얼굴을 들이밀자 미란은 몸을 뒤로 빼다가 결국 벽에 붙게 되었다.

"죄송해요."

"그게 아니지. 궁금한 이유를 말해야지."

태수는 미란의 책상 위에 있던 무선 전화기를 미란을 향해 던졌다. 미란이 눈을 감았다. 전화기는 벽에 부딪치면서 부서졌다. 더 이상 어떤 소리도 들리지 않자 미란은 살며시 눈을 떴다. 태수가 바로 앞에 선 채로 미란을 쳐다보고 있었다. 미란은 들이마시던 숨을 참았다.

"죽고 싶더라도 지금은 좀 참아. 네 순서까지 가려면 아직 멀었어."

태수는 얼굴을 더 가까이 들이밀면서 말했다.

"그래도 급하면 할 수 없지. 그동안 고생한 것도 있으니까 맨 앞으로 당겨줄 수도 있어."

태수는 자신의 자리로 걸어가며 낮은 음성으로 말했다.

"나가봐."

*

처음 도건의 전화를 받았을 때는 괜한 짓을 한 것 같아 후회했다. 왜 도건에게 그런 부탁을 했을까? 아무리 도건의 실력이 좋다 한들 결정적인 증거를 잡기는 힘들 텐데. 더 중요한 사실은, 증거가 있더라도 용기가 없다는 것이었다. 태수와 맞서려면 모든 것을 걸어야 하는데, 그럴 수가 없었다. 곤란한 마음에 전화를 피해봤지만 도건은 계속 전화를 걸었다. 결국 용재는 도건의 사무실을 찾아갈 수밖에 없었다. 도건은 용재의 얼굴을 보자마자 그동안 자신이 알아낸 결과에 대해 설명하기 시작했다. 어니스트의 일반 택배 물건이 전국 각지에 있는 여러 개의 지점을 통해서 물류센터로 옮겨지는 것에 반해, 특송 택배는 각 지역마다 한 개의 정해진 택배 지점에서만 보내지고 있었다. 그리고 물류센터 컴퓨터를 확인한 결과, 같은 주문자가 같은 지역에서 같은 품목을 일정한 간격으로 시킨다는 사실도 알아냈다. 도건은 그 이유를 몰랐지만 용재는 직접 목격을 했기 때문에 왜 그런지 알 것 같았다. 그들은 마약 중독자일 것이다.

CCTV 녹화 파일을 살펴보다가 찾은 내용이 하나 더 있었다. 새벽 배송 전문이었기 때문에 아침부터 저녁까지는 센터가 비어 있었다. 그런데, 낮 시간에 태수를 비롯한 직원들의 모습이 찍힌 날이 있었다. 용재는 재생되는 녹화 파일을 지켜봤다. 센터 가장 안쪽에 있는 창고, 언제나 문이 잠겨 있는 그 창고 안으로 태수와 남자들이 들어갔다. 그들의 뒤로 정신을 잃은 민호가 남자들에 의해 질질 끌려 들어가는 모습이 고스란히 녹화되었다. 한 시간쯤 뒤, 사람들이 한 명씩 밖으로 나왔다. 그리고 창고에 들어갈 때는 정신을 잃었던 민호가 스스로 걸어 나오고 있었다. 날짜를 확인해보니 태수가 용재에게 특송팀 근무를 제안한 바로 전날이었다. 용재가 특송팀 일을 하게 됐다고 민호에게 말했을 때, 민호는 뭔가를 말하려다 머뭇거렸다. 민호가 어떤 말을 하려고 했는지 비로소 알게 되었다. 도건은 용재의 반응을 보면서 심각한 상황임을 직감적으로 알아차렸다. 용재는 계속되는 도건의 질문에 아직은 잘 모른다고만 대답했다.

어니스트 택배 사무실. 태수가 자신의 자리에서 전화 통화를 하고 있었다.

"차용재라고 했지? 계속 놔두는 거 위험하지 않겠어?"

"전혀 위험한 인간이 아니야. 아마 내가 알고 있는 거 눈치챘을 거야. 형, 내가 사람 많이 써 봤잖아? 협박해서 억지로 하면 오래 못 가. 꼴에 남자라고 자존심 세워주는 척하면서 일 시키는 게 낫더라고. 어차피 겁이 많아서 신고 같은 건 생각도 못 할 거야. 친구가 어떻게 됐는지 봤으니까. 복수? 영화야 뭐야? 그리고 다 떠나서 일단 돈이 많이 필요한 애야. 쓸 수 있을 때까지 쓰는 거지, 뭐."

미란은 인터넷 검색을 하고 있었지만, 귀로는 태수의 말에 집중하고 있었다. 통화를 끝낸 태수가 자리에서 일어났다.

"몇 호인지 알아봤어?"

미란은 메모지를 태수에게 건넸다.

*

오전 11시쯤 일어난 용재는 방에서 나와 물을 한 잔 들이켰다. 식탁에 밥이 차려져 있었고 그 옆에 메모가 함께 있었다.

엄마는 걱정하지 마. 그리고 힘 좀 내셔.

오빠의 눈으로 보면 승희는 항상 꼬마일 뿐이었다. 하지만 지금은 용재보다 더 똑부러지는 사회인이었다. 용재도 예전에는 지금과 다른 성격이었다. 이유야 어쨌든 지금의 용재는 인간관계에 있어서나 일에 있어서 머뭇거리는 면이 많았다. 그에 반해, 승희는 거침이 없었다. 어머니를 돌보는 것도 용재보다는 더 잘할 것이다. 용재는 밥을 먹으면서 계획을 세웠다. 얼마 못 가 또다시 무너질 가능성이 컸지만, 그래도 가만히 있을 수는 없었다.

주차장으로 걸어가는 용재의 눈에 낯선 승용차 한 대가 들어왔다. 운전석과 조수석에 각각 남자가 타고 있었는데, 용재를 바라보는 눈길이 매서웠다. 처음 보는 남자들이었다. 용재는 남자들이 다른 사람을 기다리는 것이라고 생각했다. 차를 몰아 주차장을 빠져나오던 용재는 다시 한번 남자들과 눈이 마주쳤다. 두 사람은 여전히 용재를 응시하고 있었다. 남자들이 뿜어내는 느낌이 어딘가 익숙했다. 태수와 특송팀 남자들에게서 매일같이 느끼는 바로 그 느낌이었다. 용재는 그 자리에 차를 세웠다. 몸을 돌리지는 않은 채, 사이드미러로 남자들을 살폈다. 그때까지도 남자들은 용재를 바라보고 있었다. 태수가 보낸 사람들이 확실했다. 왜 보냈을까? 겁을 주기 위해서? 그렇다기에는 달려들지도 않고 그 자리에서 미동도 없었다. 혹시나 하는 마음에 용재는 승희에게 문자를 보냈다. 마음만 급해져 내용을 정확하게 설명할 수 없었기 때문에 결국 본론만 전했다.

너무 늦게 다니지 말고, 집에 들어갈 때 이상한 사람들 없는지 잘 봐.

태수는 바로 이런 걸 노렸을 것이다. 자신들에게 협조하지 않으면 가족들을 해칠 수도 있다는 압력인 셈이었다. 위축된 마음을 이용해 더 나쁜 일을 시킬 것이 분명하다. 어떻게 될지는 몰라도, 그 결과가 나오는 데 오랜 시간이 걸리지는 않을 것 같았다.

용재는 병원에 도착해서도 한동안 차에 앉아 있었다. 지금의 모든 생각과 걱정, 고민을 민호도 똑같이 했을 것이다. 민호처럼 섬세한 성격이라면 더 힘들었을 것이다. 용재는 병원 지하 1층에 있는 편의점에 들러 어머니가 좋아하는 요구르트와 훈제 계란을 샀다. 병실 복도를 걸어가다가 휠체어를 밀면서 천천히 움직이고 있는 어머니를 발견했다. 용재는 뛰어가서 휠체어 손잡이를 잡고 밀기 시작했다. 두 사람은 병실로 들어가는 대신 3층으로 내려갔다. 병원 3층에는 작은 공원이 있었는데 5년 전보다 눈에 띄게 나무가 많아졌다. 어머니는 살이 더 빠졌고 웃음도 영 힘이 없어 보였다. 용재는 벤치에 앉아, 손에 들고 있던 봉지에서 요구르트와 계란을 꺼냈다.

"이제 사오지 마. 입맛이 없어."

용재는 요구르트에 빨대를 꽂아 어머니에게 건넸다. 훈제용 계란이 따로 있는 건지 아니면 작은 계란을 훈제용으로 사용하는 건지는 몰라도 계란 크기가 점점 작아지는 느낌이었다. 어머니는 계란을 받는 대신 시선을 먼 곳에 두고 있었다. 모든 경험은 다음번 일을 할 때 도움이 되지만, 환자나 환자 보호자로서의 경험만은 그렇지가 않았다. 오히려 처음 입원할 때는 그럭저럭 견뎌내지만 반복될수록 더 힘들게 되어 있다. 나중에는 '입원'이라는 말을 들을까 봐 병원에 갈 엄두조차 나지 않는다. 어머니도 그랬다. 입원하라는 말보다 포기하라는 말을 듣고 싶다고.

"이거."

어머니는 환자복 주머니에서 반으로 접힌 봉투를 꺼내 용재에게 내밀었다. 봉투를 펼쳐보니 '김태수'라는 이름이 보였다. 정말이지, 지겹도록 일관성 하나는 투철한 인간이었다. 이제는 환자한테까지…… '차용재, 너는 내 손바닥 안에 있다'는 사실을 각인시키고 싶었을까? 아니면, 약점을 알고 있으니 조심하라고? 태수는 분명히 겁을 주려고 이런 짓을 했을 것이다. 겁을 잔뜩 집어먹게 만들면 이용하기 쉽다고 생각했겠지. 하지만 태수의 계획은 그가 원한 것과는 정반대의 결과를 만들어냈다. 용재는 마음을 덮고 있던 안개가 걷히고 뚜렷해지는 기분이 들었다. 갈 길이 확실해지니 오히려 홀가분했다. 무조건 가야만 한다. 다른 방법이나 핑계는 없다. 용재에게는 특별 서비스가 필요했고, 이제 그 서비스를 직접 시행할 것이다.

"네가 힘든 건 알지만, 엄마 때문에 할 일 못하고 살지는 않았으면 좋겠다. 너답게 살았으면 좋겠어."

용재는 어머니를 따라 멀리 보이는 풍경에 시선을 맡겼다.

서 대리

민호가 세상을 떠나고 처음 출근하던 날은 모든 것이 어색하고 낯설게 느껴졌다. 하지만 오늘 출근길은 평소보다 눈에 들어오는 모든 것이 선명하게 보였다. 용재는 물류센터에 도착하자마자 바로 사무실로 향했다. 사무실로 들어간 용재는 책상 앞에 앉아 있던 미란과 시선이 마주쳤다. 용재는 시선을 돌려 태수를 바라보며 아무 말 없이 서 있었다. 태수는 컴퓨터 모니터를 보고 있다가 그제야 고개를 돌렸다.

"무슨 일이죠?"

"말씀드릴 게 있습니다."

태수는 미란에게 나가 있으라고 지시했다. 미란이 사무실 밖으로 나가고, 용재와 태수는 사무실 중앙에 놓인 소파에 앉았다.

"특별배송 물품, 제가 알고 있다는 거 아시죠?"

"그게 중요해요? 서로 맡은 일만 잘하면 되는 거지."

"저희 집과 병원으로 사람을 보낸 이유가 저를 협박하기 위해서 아닙니까?"

"협박이라뇨? 무슨 협박을 그렇게 부드럽게 해요?"

태수는 시종일관 미소를 지어가며 능글맞게 말했다. 그러면서도 눈빛은 날카로웠다.

"지난번에 물건을 전해준 남자가 좀 이상해서 따라가봤습니다. 연립주택 계단에서 마약을 하고 있었죠. 그 마약은 제가 준 박스 안에 있던 것이었고요. 차로 돌아와서 나머지 박스를 모두 뜯어봤습니다. 안에 어떤 게 들어있는지 그때 처음 알았습니다."

태수의 얼굴에서 놀라거나 당황한 기색은 전혀 찾아볼 수 없었다. 오히려 '그래서?'라는 표정으로 용재의 다음 말을 기다리는 듯 보였다.

"이제 제가 회사 비밀을 알게 됐는데 저는 어떻게 되는 거죠?"

"용재 씨와 저만 조용히 하면 되지 않을까요? 어차피 택배를 보내는 사람이나 받는 사람이 먼저 경찰에 신고하지는 않겠죠. 걸리더라도 그 두 사람만 문제가 되는 거고요. 택배 회사에서 내용물이 뭔지 어떻게 알겠어요? 우리는 물건을 전달만 해주는 사람인데."

태수는 용재의 반응을 살폈다. 이윽고 용재가 입을 열었다.

"일을 하려면 확실하게 하고 싶습니다. 앞으로는 집이나 병원으로 그런 사람들 보내지 마십시오."

"확실하게 한다는 게 구체적으로 어떤 건가요?"

"지금까지는 모르고 했지만, 앞으로는 적극적으로 하겠다는 뜻입니다."

"적극적으로라……. 갑자기 그런 생각을 한 이유는요?"

"그동안 생각 많이 했습니다."

용재는 숨을 고르고 차분한 목소리로 태수에게 말했다.

"제 사정에 대해서는 잘 알고 계실 거라고 생각합니다. 저는 돈이 필요합니다. 아주 많이 필요합니다. 어머니 병원비도 그렇고, 동생도 복학시키고 싶습니다. 그런데 방법이 없습니다. 여기 오기 전까지, 이 일 저 일 참 많이 했습니다. 하지만 그런 일은 아무리 열심히 해봤자 소용이 없었습니다. 매일 그 자리, 또 그 자리. 너무 지겹습니다."

용재는 잠시 말을 멈추고 태수를 바라봤다. 태수는 지그시 용재를 바라볼 뿐이었다.

"할 수만 있다면 계속 특송 일을 하고 싶습니다. 돈을 벌 수만 있다면 어떤 일도 상관없습니다."

태수는 고개를 끄덕이며, 이해한다는 표정을 지었다.

"이래서 서로 마음을 여는 게 중요해요. 잘 알겠습니다. 앞으로는 한 식구로 생각하겠습니다. 사실 특송 말고도 일은 많습니다. 저야 용재 씨가 한다면 땡큐 아니겠어요? 앞으로 잘해봅시다."

용재는 고개를 숙이며, 태수가 내민 손을 잡았다.

*

용재는 특송 구역에서 택배 물건을 차에 싣고 있었다. 사무실에서 나온 특송팀장이 용재에게 다가왔다.

"지점장님께 말씀 들었습니다. 잘 생각했어요. 이것도 아니고 저것도 아닌 것보다 확실한 게 좋죠. 나도 이제 편하겠네."

특송팀장은 특송팀 기사들을 한 곳에 모이게 했다. 한꺼번에 다 모이니 하나같이 큰 덩치와 강한 외모 탓에 보기만 해도 웬만한 사람은 압도될 것 같았다. 특송팀장은 나지막한 소리로 용재를 소개했다. 남자들은 고개를 끄덕이며 한 명씩 용재와 악수를 했다. 미란은 사무실로 걸어가면서 특송 구역에 모인 사람들을 바라봤다. 용재는 자신을 보고 있던 미란과 눈이 마주쳤지만, 이내 다른 곳으로 시선을 돌렸다.

*

태수는 용재의 신상 정보를 보면서 강수와 통화를 하고 있었다.

"나한테 거짓말을 할 이유가 있겠어? 본인도 깊게 엮이는 건데."

"돈 때문이다, 이거지?"

"그 이유가 제일 깨끗하지. 사람을 집중하게 만들기도 하고."

소형 운반 수레를 끌면서 미란이 안으로 들어왔다.

"형, 걱정하지 마. 계속 지켜볼 거니까. 어차피 큰 건 몇 개 시켜보고 내보낼 생각이었어. 우리 같은 정통파가 아니잖아. 그런 애들은 절대 못 따라와."

미란은 책상 밑에서 현금 뭉치가 든 박스를 운반 수레에 차곡차곡 쌓아올렸다. 그리고 다시 운반 수레를 끌고 사무실 밖으로 나갔다.

"그리고, 태수야. 강 형사 그 새끼 또 돈 얘기하더라."

"얼마?"

"2천 얘기하던데. 뭐 집에 누가 아프다나 어쨌다나. 이런 식이면 세금 내는 것보다 더 많겠다."

"내가 통화해볼게."

"걔는 언제까지 데리고 가게?"

"안 그래도 다른 사람 알아보고 있어. 급도 낮은 새끼가 욕심만 많아서. 높은 놈으로 알아보긴 하는데 자꾸 팀을 옮겨 다녀서 잡기가 어려워."

"하여튼 한국에서 자영업하기 엄청 힘들어."

"그러게. 형, 수고하고 며칠 있다 봐."

*

눈을 뜬 용재는 가장 먼저 시계를 봤다. 아침 10시였다. 아까부터 계속 초인종 소리가 들리는 중이었다. 이 시간에 집에 올 손님은 없었다. 아마 정기 소독이나 가스 안전 점검이 아닐까 생각하며, 용재는 계속 누워 있었다. 누군지는 모르지만, 한 번 더 벨을 눌러보고 그래도 안에서 반응이 없으면 그냥 가겠지. 용재는 너무 피곤했기 때문에 뭐가 됐든 나중에 움직일 생각이었다. 눈을 감은 채, 아파트 1층 게시판이나 엘리베이터 안에서 공고문을 봤는지 기억을 더듬었다. 연거푸 벨이 울렸다. 아무래도 책임감이 강한 사람인 것 같았다. 용재는 결국 졸린 눈을 하고 현관 앞에 서서 문을 열었다. 그런데 문 앞에 서 있는 사람을 본 순간, 꿈을 꾸고 있을지도 모른다는 생각을 했다. 절대로 여기에 있을 이유가 없는 사람이었다.

"들어가도 될까요?"

서미란 대리였다. 용재가 손잡이를 잡은 채 몸을 옆으로 틀자, 미란이 그 사이를 비집고 안으로 들어왔다. 용재는 집에서 가장 깨끗한 장소인 안방으로 미란을 안내했다. 부엌이나 자신의 방에 앉으란 말은 도저히 할 수 없을 것 같았다. 용재는 미란에게 음료수 한 잔을 건넨 뒤 화장실로 가 거울을 보았다. 머리가 엉망이다. 세수를 하고, 머리카락에 물을 묻혀 붕 뜬 부분을 가라앉히려고 안간힘을 썼다. 안방에 앉아 있던 미란은 방 안을 천천히 살펴보고 있었다. 깨끗하게 정돈된 살림살이, 액자 속 가족 사진이 눈에 띄었다. 그새 옷을 갈아입은 용재가 안방으로 들어왔다. 어떻게 알고 찾아왔는지는 아예 묻지 않을 생각이었다. 용재의 신상에 관한 모든 자료는 물류센터 사무실에 있었기 때문이다. 중요한 것은 찾아온 이유였다.

"말할 게 있어서 왔어요."

미란은 음료수를 한 모금 마시고 특송 택배에 대한 이야기를 시작했다. 태수와의 대화를 통해 이미 용재가 알고 있던 부분도 있었고, 처음 듣는 이야기도 있었다. 용재는 내용에 대한 놀라움보다는 미란이 자신에게 왜 그런 이야기를 하는지가 더 궁금했다. 혹시 이런 것도 태수의 작전 중 하나일까? 하지만 미란이 연기를 하는 것처럼 보이지는 않았다. 그래도 알 수 없었다. 예전에 유미도 그랬다. 모든 이야기를 마치 진짜인 것처럼 지어냈다. 그중 몇 가지는 아직까지 믿는 것도 있었다. 유미의 말 전부를 부정하면 유미와의 관계도 부정해야 했고, 그렇게 되면 추억 자체를 부정해야 했다. 그저 불가피한 사정 때문에 유미도 어쩔 수 없었던 거라고 생각했다.

"왜 저한테 이런 얘기를 하는 거죠?"

"특송팀 일을 자발적으로 하겠다고 한 말, 거짓말이죠? 다른 이유가 있는 거죠?"

용재는 미란의 눈을 똑바로 바라봤다.

"그게 서 대리님하고 무슨 상관이죠?"

"고민호 씨……. 지점장이 그렇게 했다는 거 차용재 씨도 알고 있잖아요."

용재는 아무 말도 하지 않았다.

"그걸 알고도 왜 하려는 거죠? 돈 때문에? 보복할까 봐? 아닌

거 알아요. 뭔가 다른 계획이 있는 거죠?"

미란이 이야기를 하면 할수록 그녀의 속내를 더 알아내기 어려웠다.

"고민호 씨가 처음이 아니에요. 일반 택배 기사로 일하다가 특송팀에 가서 짧게는 하루, 길게는 2, 3년 정도 하다가 모두 같은 일을 당했어요. 김태수는 자기 부하가 아니면 결국 모두 없애버리죠."

"나도 결국 그렇게 될 거란 말이군요?"

"나도 마찬가지예요."

미란의 대답은 의외였다. 용재는 미란이 태수와 어떤 관계이거나, 최소한 같은 편이라고 생각했다.

"용재 씨가 협박당하고 감시당하는 것처럼 저도 그랬어요. 처음엔 단순히 경리만 보는 걸로 알고 들어왔죠. 그런데 물류센터가 아니라 범죄 집단이나 마찬가지였어요. 김태수는 인간을 소모품으로밖에 여기지 않아요. 마음에 안 들면 갈아치우면 된다고 생각해요. 다른 소모품보다 서미란이라는 소모품은 더 오래 사용하고 있어요. 왜 그런 줄 아세요? 날 없애고 나면 귀찮은 일이 많아서 그래요. 계좌 관리, 특송 고객 관리, 마약 소분, 반품 처리, 미수금 관리까지 나름대로 제가 하는 일이 많거든요. 새로 직원이 오면 이 많은 걸 일일이 김태수가 다시 가르쳐야 하죠. 나한테 이렇게 말했어요. 새로 직원을 뽑아도 더 이상 가르칠 자신이 없다고. 생각만 해도 귀찮다고. 그래서 널 살려두는 거라고."

태수라면 충분히 할 수 있는 말이었다. 미란의 말에 큰 과장은 없어 보였다.

"내가 진짜 김태수에게 붙었다면요?"

"붙었든 붙지 않았든 제 충고를 꼭 기억해야 할 거예요. 김태수는 용재 씨나 저를 가만히 놔두지 않을 거예요. 그 시점이 언제인지는 몰라도 확실히 그렇다는 것만은 알고 계세요."

"그래서 어떻게 하자는 거죠?"

"서로 돕자는 거예요. 방법은 김태수가 어떻게 하느냐를 보면서 결정하겠지만, 뭘 하든 혼자보다는 둘이 낫지 않겠어요? 그리고 현재로써는 제가 도울 일이 훨씬 많을 것 같은데요?"

미란이 하는 말에서 틀린 점을 찾기는 어려웠다. 그동안 대화를 나눠보지 않아서 몰랐는데, 미란은 말을 무척 설득력 있게 했다. 단순히 말을 잘하는 것과는 달랐다. 배짱도 좋아 보였는데 그건 많은 고민과 걱정, 포기가 반복되면서 만들어진 결과물일 것이다.

"성공하면 마음 편하게 살게 되겠죠. 실패해도 별로 손해 볼 건 없어요. 어차피 죽을 거 조금 더 일찍 죽는 것뿐이니까. 어때요?"

미란은 태수의 일에 대해 자세하게 이야기했다. 태수의 형인 강수는 조폭이었는데, 태수 못지않게 악랄한 것으로 유명했다. 강수의 조직에서 살해한 시체나 조직이 운영하는 유흥 업소에서 자살한 시체를 조용히 땅에 묻곤 했는데, 여기서 특별 서비스의 아이디어가 나왔다고 했다. 특별 서비스는 어떤 이유로 죽었는지에 상관없이 현장 정리, 운반, 매장까지 모든 것을 한 번에 해결했다. 미란의 말에 따르면 이 특별 서비스란 것도 홍보를 한다고 했다. 물론 일반 광고처럼 요란하게 할 수는 없고, 각 조직이나 유흥 업소 등에 명함을 뿌린다는 것이다.

"시체는 어떻게 처리하나요? 아무데나 묻는 건가요?"

시체 처리 방법을 들어보면, 형제가 악랄하긴 하지만 꽤 똑똑한 인간들임을 잘 알 수 있었다. 의뢰인이 시체를 특정 장소에 매장하기를 원하는 경우를 제외하고는 각 지역마다 정해진 곳에 매장했다. 그곳이 발각되지 않는 이유는 아예 땅 자체를 매입해서 사용하기 때문이었다. 주로 노숙자의 신분증과 인감증명서를 이용해서 땅을 매입했는데, 임야라서 생각보다 비싸지는 않다고 했다. 만일 비용을 아끼기 위해 남의 땅에 매장을 하게 되면 땅 주인이 발견할 확률이 높고, 경찰 수사 등 골치 아픈 문제가 발생한다. 땅을 매입하기 전에는 항상 '토지이용계획확인원'을 발급받아서 심도 깊은 검토에 들어갔다. 혹시라도 토지 개발을 하다가 굴삭기에 시체가 걸려 나올 수도 있기 때문이었다. 즉, 매장에 사용되는 땅은 개발 계획이 수립되지 않은 곳이어야 했고 가능하면 가격이 낮을수록 좋았다. 마지막으로 도로를 접하고 있어야 하는데, 이 조건은 차로 쉽게 운반하기 위해서였다. 하지만 도로가 있다고 해서 무조건 매입 기준을 통과했다고 생각해서는 곤란했다. 소유자가 국가이면서 지목(地目)이 도로로 표시된 것만 인정받을 수 있었다. 현재는 도로로 사용되고 있다고 해도 지목이 도로가 아니면 소유자 마음대로 언제든지 집을 짓거나 건물을 지을 수 있다. 그렇게 되면 땅을 사놓고도 그 땅으로 진입할 수 없기 때문에 매장이 불가능할 수도 있었다.

"각 지역에 하나씩 매장용 토지가 있어요. 거기에는 야산팀장이라고 부르는 사람이 한 명씩 있죠. 회사에서 야산팀장에게 미리 전화를 하면, 시체가 도착했을 때 바로 묻을 수 있게 적당한 크기로 땅을 파놓는 거예요. 보통은 택배 기사가 시체를 구덩이에 던지고 나서 대충 흙으로 덮은 다음 그 자리를 떠나요. 그다음엔 야산팀장이 깨끗하게 마무리를 하죠."

미란의 설명에 따르면, 겨울에는 땅파기가 힘들다는 명목으로 의뢰인에게 비용을 더 청구한다고 했다. 하지만, 그건 거짓말이었다. 실제로 작업을 하는 야산팀장은 월급제였다. 그 월급을 겨울이라고 해서 더 주지는 않았다. 그저 얄팍한 상술에, 휴가철에 내는 바가지 요금이나 다름없었다. 지역에 따라서는 비가 오거나 눈이 오는 날 매장하게 되면, 기상 악화를 이유로 처리 비용을 더 받는 경우도 있었다. 반대로 가격을 할인해주는 경우도 있었는데 청부 살인과 매장을 한 세트로 의뢰하는 경우가 그랬다.

마지막으로 미란은 어니스트 택배 앱을 주의하라고 당부했다. 용재가 처음 사무실에 방문한 날, 미란이 직접 앱을 설치했었다. 모든 택배 회사에서 사용하는 앱은 기사의 현재 위치를 회사로 전송해주는 기능이 있었다. 어디에 있는지, 어디를 방문했는지, 시간이 얼마나 걸렸는지를 알기 위해 있는 기능이지만 태수는 기사들을 감시하기 위해서 사용했다.

"그리고 누군지는 몰라도 김태수한테 정보를 주는 사람이 있어요. 그 사람이 차용재 씨에 대해서도 알고 있을지 몰라요. 아무도 믿지 마세요. 누군가가 도와줄 거라는 생각도 버리세요. 우리가 살려면 우리가 직접 해야 돼요."

만일 연락이 되지 않을 경우, 누구에게 전화를 하면 되겠냐는 미란의 물음에 용재는 도건의 전화번호를 알려주었다.

*

용재는 배송할 물건을 차로 옮기면서 미란과 나눈 대화 내용을 하나씩 떠올렸다. 미란이 용재의 집을 방문한 지 벌써 일주일이 지났다. 미란이 태수의 지시로 용재를 찾아온 것이었다면 용재는 지금까지 살아 있지 못했을 것이다. 용재가 태수의 범죄 증거를 모으고 있다는 사실을 미란에게 이야기했기 때문이다. 특송 물건을 전해주면서 날짜와 장소 및 받은 금액을 기록했고, 박스를 뜯어 안에 들어 있는 각종 불법적인 것에 대한 사진을 찍어두었다. 그리고 몸에 부착한 핀 카메라를 이용해서 물건을 받아가는 사람들의 얼굴도 모두 확보했다. 미란 역시 경찰에 제출할 자료를 모으고 있다고 했다. 하지만 지금까지 모은 자료들 중에서는 결정적인 것이 없었다. 그저 마약 전달 혐의 정도밖에 되지 않았고, 그 혐의조차도 태수에게 온전히 적용된다는 보장이 없었다. 다시 말해 태수가 연루됐다는 증거가 없었던 것이다. 더 크고 더 강한, 그래서 부인할 수 없는 증거가 필요했다. 미란의 말에 따르면 보통은 태수가 청부살인을 지시하지만 어떤 때는 본인이 직접 한다고도 했다. 용재는 그 말을 듣자 섬뜩함을 느꼈다. 용재의 계획을 태수가 알아차린다면 다음 피해자는 자신일 수 있다는 생각이 들어서였다. 분명히 그럴 것이다.

*

"깡패가 아니라 완전히 살인마네?"

용재는 출근하기 전, 도건의 사무실에 들렀다. 태수에 대해 일부분만 듣고도 도건은 치를 떨었다.

"민호도 걔네들이 한 거 맞지?"

"맞아. 김태수가 시켰거나 아니면 직접 했을 거야."

"경찰이 조사는 하고 있는 거야?"

"증거를 찾기는 어려울 거야."

용재와 도건은 서로가 알아낸 내용을 취합해서 어떻게 할지 이야기했다.

"나야 기껏해야 컴퓨터로 하는 거지만, 넌 괜찮겠냐?"

괜찮지 않았다. 증거를 수집하고 있다고는 해도 어쨌든 계속 범죄에 가담하는 상황이었다. 또한, 태수가 용재의 행동을 알기라도 한다면 무조건 없애려고 할 것이다. 하지만 이전의 용재가 아니었다. 태수가 사람을 시켜 병원에 있는 어머니를 찾아오기 전의 용재가 아니었고, 민호를 그렇게 떠나보내기 전의 용재가 아니었다.

"혹시라도 나랑 연락이 되지 않으면 이 번호로 전화해."

용재가 알려준 것은 미란의 전화번호였다.

무덤에서 나오다

　용재에게 배당되는 특송 물건은 점점 늘어났다. 용재뿐 아니라 특송팀 다른 기사들도 마찬가지였다. 보통 하루에 5개에서 많으면 10개 수준이었는데, 조금씩 양이 늘기 시작해서 평균 15개 이상 배정되었다. 피나는 홍보의 결과일까? 아니면, 다른 곳보다 싸게 제공하는 가격 경쟁력 때문일까? 빨리 이 상황을 끝내야 했다. 어쨌든 용재도 범죄에 가담하는 것이었으니까. 예전에는 모르고 했지만, 지금은 달랐다. 용재가 전해주는 물건 때문에 새로운 중독자가 생길 수도 있었다. 배송이 반복될수록 자주 마주치는 수령자도 꽤 있었다. 이미 '상습'적으로 '중독'된 사람들이었다.

　물류센터 벽에 차 앞부분을 바짝 붙여서 주차했기 때문에, 출발하려면 시동을 걸고 몇 미터 후진한 뒤 핸들을 꺾어야 했다. 용재는 물류센터 입구 쪽으로 차를 이동시켰다. 물류센터 안에서는 사고 위험 때문에 시속 10킬로미터 이하로 운행하는 것이 규칙이었다. 오토 차량일 경우 브레이크를 밟았다 떼는 동작만으로도 가능한 속도였다. 차가 천천히 움직이는 동안 용재는 사무실 창문을 통해 내부를 살폈다. 미란이 책상에 앉아 있었다. 그날 이후로 두 사람은 직접 만난 적은 없었고 가끔씩 통화만 했다. 그것도 태수의 감시 때문에 물류센터 근무시간이 아닌 낮에 이뤄졌다. 밖으로 나가기 직전, 누군가 용재가 탄 차량의 옆 부분을 두드리며 차를 세웠다.

"차용재 씨, 오늘은 저 차 몰고 가래요."

특송팀 기사 한 명이 구석에 주차된 차를 가리켰다. 그 차는 특송팀 기사 중 한 명이 방금 전 물류센터 안으로 몰고 온 차였다. 벌써 어딜 갔다 오나 싶었는데, 바로 그 차가 용재에게 배정된 것이었다. 용재는 차에서 내려 구석으로 걸어갔다. 똑같은 택배 차였기 때문에 어색할 건 없었다. 다만, 앞 좌석에 있어야 할 택배 박스가 보이지 않았다.

'왜 아무것도 없지? 새로 실어야 되나?'

태수로부터 전화가 걸려왔다. 용재는 사무실로 시선을 돌리며 전화를 받았다. 태수는 사무실 창문 앞에 서서 스마트폰을 귀에 대고 있었다. 태수는 용재에게 손을 들어 보였고, 용재는 고개를 숙였다.

"지금 문자로 주소 보내줄 테니까, 그쪽으로 가세요. 물건은 짐 칸에 실려 있습니다. 오늘은 그거 한 건만 하고 퇴근하세요. 일 끝나면 연락하고."

통화가 끝나자마자 배송지 주소가 문자로 도착했다. 물류센터에서 한 시간 이상 가야 하는 곳이었다. 지번 앞에 '산'이라는 말이 붙어 있었다. 그 순간, 미란이 했던 말이 떠올랐다. 각 지역마다 있다는 매장 장소였다. 일단 물류센터를 빠져나가야 할 것 같았다. 태수와 특송팀장이 용재를 뚫어지게 쳐다보고 있었기 때문이다. 평소와 다른 물건이 실린 게 틀림없었다.

자유로를 타고 가는 내내 미행하는 차가 있는지 수시로 확인했다. 가끔은 차선을 급변경하면서 뒤차들의 반응을 살피기도 했다. 특별한 물건이라면 감시할 가능성이 컸다. 용재가 실제로 충성을 맹세했더라도 태수는 믿지 않았을 것이다. 용재가 생각한 변수 중에 지금 같은 상황은 없었다. 뒤에 실린 물건이 시체가 맞고, 최종 목적지가 매장하는 곳이라면 어떻게 되는 걸까? 계속해서 연기를 하기 위해서는 시체를 지정 장소까지 운반해서 묻어야 했다. 유기죄를 추가하면서까지 증거를 모아야 할지 확신이 서지 않았다. 일단, 시체에 손을 댄다는 것 자체가 끔찍했다. 야산팀장이라는 사람이 있다고는 하지만, 차에서 끄집어내리는 건 용재의 몫이었다. 갑자기 민호가 생각났다. 미란은 민호가 죽기 전에 시체를 매장 장소까지 운반한 적이 있다고 했다. 같은 일을 이제 용재에게도 시킨 것이다. 믿는다는 뜻일까? 아니면 없애기 전에 힘든 일을 한번 시키겠다는 뜻일까? 그것도 아니면, 테스트일까? 더 큰일을 맡기기 전에 거쳐야 하는 테스트. 시체 유기보다 더 큰

일은 살인밖에 없었다. 어떻게 할지 고민하고 있을 때, 태수가 전화를 했다.

"어디쯤이죠?"

"10분 뒤에 도착합니다."

"내가 얘기 안 한 게 있어서 전화했어요. 짐칸에 실린 거……. 아직 살아 있을 거예요. 현장에서는 손대지 말라고 해서 묶어만 놨거든요. 용재 씨가 마무리하세요. 묻는 건 야산팀장이 알아서 할 거니까. 알았죠?"

이건 또 무슨 말인가. 물음이 세 번쯤 반복되고 나서야 용재는 겨우 대답했다.

"네."

뒤에 실린 것은 시체가 아니라 아직 살아 있는 사람이었다. 태수는 용재에게 살인까지 지시한 것이다. 마약을 전달하는 역할에서 하루 만에 일이 너무 커졌다.

용재는 자유로를 달리다가 가장 먼저 만난 인터체인지로 빠져나왔다. 따라오는 차는 보이지 않았다. 오른쪽으로 핸들을 꺾어 좁은 길로 들어갔다. 5분쯤 더 들어가서 한쪽에 차를 주차시키고 시동을 껐다. 따라오는 그 어떤 불빛도 보이지 않았다. 차에서 내린 용재는 차 뒤쪽으로 천천히 걸어갔다. 근처에 야산이 있었고, 경량 철골로 만들어진 창고와 비닐하우스가 보였다. 짐칸을 열고 스마트폰에 탑재된 손전등을 켰다. 안쪽 깊숙한 곳에 자루 하나가 있었다. 움직임은 없었다. 살아 있다고 했는데, 오는 과정에서 질식이라도 한 것일까? 용재는 짐칸 안으로 올라갔다. 천천히 자루 쪽으로 다가가 불빛을 가까이 대고 자루를 살폈다.

"으으……."

갑자기 자루가 꿈틀거리며, 신음 소리가 들렸다. 제대로 말을 하거나 소리를 지를 수 없도록 입 안에 뭔가를 물린 것 같았다. 용재는 뒤로 물러섰다. 서둘러 밖으로 나와 짐칸의 문을 닫았다. 곧바로 원창에게 전화를 걸었다.

"차용재 씨? 무슨 일 있어요?"

"지금 바로 와주세요."

용재는 그동안 있었던 일을 최대한 요약해서 들려주었다. 증거를 어느 정도 모았다는 것과 지금 상황에 대해서도 빠짐없이 설명했다. 원창은 최대한 빨리 갈 테니, 현재 위치에서 기다리라고 했다. 전화를 끊은 용재는 운전석에 앉아 있다가 밖으로 나왔다. 운전석에 앉아 있기가 영 불안했다. 용재는 몇 미터 떨어진 곳에 있는 창고와 창고 사이의 어둠 속에 자리 잡고 택배 차와 그 주변을 살피기 시작했다. 그때, 진동이 울리면서 스마트폰 화면이 번쩍 켜졌다. 태수였다. 용재는 조끼 주머니에 스마트폰을 집어넣었다. 전화는 끊어졌다. 다시 한번 더 진동이 울렸지만, 그리 오래 울리지는 않았다. 이제 태수는 용재가 사라진 것을 확실히 알았을 것이다. 그것도 아주 민감한 택배 물건과 함께.

계속 올 줄 알았던 전화는 그 이후로 오지 않았다. 용재는 스마트폰을 확인했다. 원창과 통화한 지 20분이 지났다. 부재중 2통

표시가 보였다. 태수가 한 전화였다. 협박하는 내용의 문자도 없었다. 스마트폰을 두 번 터치해서 불빛을 없앴다. 원창은 언제쯤 도착할까? 그때, 근처에서 인기척이 느껴졌다. 용재는 어둠 속에 숨어 택배 차와 그 주변 길을 살펴봤다. 사람의 모습은 보이지 않았다. 용재는 자신이 너무 민감해져 있다고 생각했다. 그때, 미란의 말이 떠올랐다. 택배 앱! 위치가 노출될 수도 있었다. 전원을 끄면 원창과도 연락할 수 없었지만, 이미 주소를 알려줬기 때문에 상관없을 것 같았다. 용재는 스마트폰 전원을 껐다.

그렇게 10분쯤 흘렀을까, 어디선가 크고 우렁찬 경적 소리가 들렸다. 용재가 몰고 온 택배 차에서 나는 소리였다. 그것은 리모컨 잠금 버튼을 누를 때의 반응이었다. 차 앞뒤의 방향 지시등이 점멸을 반복했고 계속 경적이 울렸다. 리모컨은 분명히 용재의 주머니 속에 있었다. 리모컨 이상인가? 어떻게 할지 고민하던 순간, 경적과 불빛이 멈췄다. 경계가 풀리면서 한숨을 내쉬는 것과 동시에 누군가 뒤에서 용재의 허리춤을 움켜잡았다. 용재는 허우적대며 빠져나가려고 했지만, 이번에는 목에 감긴 팔이 용재의 숨통을 조였다.

*

어니스트 물류센터로 향하는 원창의 마음은 급했다.

"빨리, 빨리!"

강 형사는 속도를 높였다. 원창과 강 형사의 차량이 물류센터에 도착했고, 뒤이어 승합차 두 대에 나눠 탄 광역수사대 팀원들도 도착했다. 물류센터에는 분류를 담당하는 직원들과 일반 택배 기사 몇 명만이 있을 뿐이었다.

"찾아봐."

원창의 지시에 따라 팀원들은 물류센터 곳곳을 수색하기 시작했다. 원창과 강 형사는 바로 사무실로 들어갔다. 미란이 놀란 눈으로 두 사람을 바라봤다. 원창은 신분증을 보여주며 말했다.

"김태수 씨 어디 있습니까?"

"잘 모르겠습니다. 무슨 일이세요?"

원창은 용재에 대해 물어보려다 포기했다. 어차피 이 여자도 알 수 없을 것이다. 혹시 안다고 해도 말할 리가 없었다. 원창과 강 형사는 사무실을 둘러본 후 밖으로 나갔다. 물류센터 안에 있던 모든 택배 차량을 하나도 빠짐없이 살펴봤기 때문에 이제 남은 곳은 하나였다. 원창은 팀원으로부터 대형 쇠지레를 건네받아 납작한 부분을 도어락과 문 사이에 집어넣고 힘껏 젖혔다. 나머지 팀원도 합세해서 문을 거의 부숴버리고 나서야 안으로 들어갈 수 있었다. 하지만, 창고 안에는 아무도 없었다.

*

눈을 떠보려고 했지만 쉽지 않았다. 머리와 얼굴, 그리고 몸 이곳저곳에서 강한 통증이 느껴졌다. 입 안에 딱딱한 뭔가가 들어 있었고, 입도 끈으로 묶여 있었다. 눈으로 확인하지 않아도 팔과 다리의 감각을 통해 의자에 앉은 상태로 묶여 있다는 것을 깨달았다. 창고가 어두운 것은 천정 중앙에 있는 하나의 전구만 켜져 있었기 때문이다. 그 전구 아래, 용재가 앉아 있었다. 아니, 앉혀 져 있었다. 용재는 남자들이 자신을 보고 있다는 사실을 알아차렸다. 태수가 의자 하나를 끌고 와 용재의 앞에 앉았다.

"리모컨이 좋긴 좋아. 찾을 때 편하거든."

태수는 용재의 눈앞에 차량용 리모컨과 리모컨에 부착된 열쇠를 흔들어 보였다.

"그리고 내가 말하는 걸 깜박했는데, 어니스트 택배 차에는 위치 추적기가 달려 있어. 누가 훔쳐 가면 안 되잖아? 너 같은 새끼 말이야."

태수는 용재를 향해 발길질을 했다. 용재는 의자에 묶인 채 그대로 뒤로 넘어졌다. 한 남자가 다시 용재를 일으켰다.

"하여튼 똑같은 것들끼리 친구라니까. 고민호도 똑바로 하겠다고 해서 살려줬더니, 바로 멍청한 짓을 하고 말이야. 그게 뭐야? 한 가정이 왜 깨져야 하냐고? 한 여자 과부 만들고, 애들은 또 아빠가 얼마나 보고 싶겠어? 왜 그런 짓을 해? 이해가 안 가요. 어니스트 택배 기사가 그러면 안 되잖아? 어—니—스—트!"

태수는 '어니스트'라는 말을 딱딱 끊어 읽으면서 박자에 맞춰 용재의 뺨을 때렸다. 용재가 무어라 소리쳐봤지만 정확하게 발

음되지 않았다. 대화를 포기하고 대신에 태수를 묵묵히 째려보았다. 태수가 신호를 보내자 남자들이 달려들어 용재를 때리기 시작했다. 의자 채 넘어져도 남자들의 공격은 멈추지 않았다. 남자 하나가 완전히 끝내려는 듯, 야구방망이를 높게 쳐들었다.

"스톱! 우레탄 안 보여? 피 묻으면 안 지워진다고! 차에 실어서 보내."

남자들은 용재의 몸에 묶인 줄을 끊은 뒤, 의자에서 일으켜 세웠다. 그리고 서 있는 상태에서 용재의 팔과 다리를 다시 묶어 자루를 머리부터 뒤집어씌웠다. 용재가 몸부림을 치자, 한 남자가 용재의 배를 가격했다. 용재는 바닥에 쓰러졌고 그러는 사이 태수가 미란에게 전화를 걸었다.

"아직 시끄럽지? 조용히 내 말만 들어. 야산팀장한테 준비하라고 해. 그리고 오늘은 알아서 퇴근하고."

태수가 통화를 마치자 옆에 서 있던 남자가 용재의 스마트폰을 건넸다. 화면에 '이원창 형사' 표시가 보였다.

"계속 오는데요."

"이 양반도 손 좀 봐드려야 하는데, 서로 시간이 안 맞네. 놔둬라. 지금쯤 난리 났을 테니까. 멍청한 새끼들!"

용재가 택배 차량에 실리고, 짐칸 문이 닫혔다.

새벽의 야산은 어떤 움직임도 보이지 않았다. 잠시 후, 차량 한 대가 경사로를 올라왔다. 모자와 마스크를 쓴 야산팀장이 구덩이 위치를 가리키며 멈추라고 손짓을 했다. 택배 차량에서 내린 남자는 곧바로 짐칸 쪽으로 걸어갔다. 남자는 짐칸 문을 열면서 말했다.

"전화한 지 얼마 안 됐는데, 빨리 파셨네?"

남자는 짐칸 안으로 들어가 자루를 질질 끌고 나왔다. 짐칸 끝에 자루를 놓은 뒤, 발로 차서 구덩이 안으로 밀어 넣었다.

"택배요!"

남자는 짐칸에서 내려와 문을 닫고 운전석으로 걸어갔다.

"그럼, 수고."

남자가 탄 차가 멀어지는 동안, 야산팀장은 삽으로 흙을 퍼 계속해서 구덩이를 조금씩 메워 갔다. 용재가 있는 힘을 다해 꿈틀거렸다.

"가만히 좀 있어. 조용히 묻어줄 테니까."

용재는 몸을 좌우로 뒤틀면서 울부짖었다. 야산팀장은 높이 치켜든 삽을 힘껏 내리 꽂았다. 삽은 용재가 아닌 땅에 깊이 박혔다. 야산팀장은 구덩이 속으로 들어가 자루를 단단하게 감고 있는 줄을 풀었다. 자루를 벗겨내자 용재의 얼굴이 드러났다. 입을 묶고 있는 끈마저 풀어주자, 용재는 입 속에 있는 것을 뱉으며 말했다.

"아저씨, 그만하고 보내주세요. 이건 살인이에요!"

"이런 뷰웅신! 보내주면 뭐 줄 건데?"

귀에 익은 목소리였다. 용재는 고개를 들어 야산팀장의 얼굴을 올려다봤다. 야산팀장은 쓰고 있던 모자와 마스크를 벗었다. 장난스럽게 웃고 있는 도건의 얼굴이 보였다. 도건은 용재의 팔과 다리를 묶고 있는 끈을 마저 풀었다.

"택배 하는 줄 알았더니, 지가 택배가 됐네."

"어머니랑 승희는?"

"해일이 형 아는 사람 중에 펜션 하는 사람이 있는데, 지금쯤 도착했을 거야."

도건에게 전화를 한 사람은 바로 미란이었고, 야산에서의 모든 계획 또한 미란이 세운 것이었다.

"여자한테 당하기만 하는 줄 알았더니, 네가 웬일이냐? 아주 제대로야!"

에필로그

이토록 깊게 잠든 것은 아주 오랜만이었다. 용재는 침대에 누운 채로 커튼을 젖혔다. 산속 풍경이 그대로 눈에 들어왔다. 그저께 밤, 가능한 빨리 짐을 싸라는 용재를 향해 승희는 아무것도 묻지 않았다. 용재의 다급함이 모든 것을 설명해주고 있었기 때문이다. 그저 시키는 대로 짐을 쌌고, 용재를 대신해 어머니에게 여행을 간다고 말해주기까지 했다. 용재의 마음속 짙은 어둠을 뚫고 세 시간을 달려 이곳에 도착할 수 있었다. 펜션은 해일이 지인을 통해 소개해준 곳이었다. 시간상의 거리 때문인지 몰라도 조금은 안심되었다.

다음 날, 미란이 전화를 걸어왔다. 김태수는 용재가 죽은 걸로 알고 있기 때문에 아무 걱정하지 말라고 했다. 그리고 나머지는 자신이 알아서 할 테니 며칠만 더 펜션에 있으라고 했다.

혼자서 어떻게 할 생각일까? 용재는 불안한 마음을 애써 억눌렀다.

*

태수는 스마트폰을 보면서 뭔가를 확인하고 있었고, 미란은 모니터를 보면서 수시로 태수의 눈치를 살폈다. 모니터에는 한 남자를 몰래 찍은 것으로 보이는 여러 장의 사진이 나타났다.

서비스 금액 5억.

태수가 5억이라는 가격을 매긴 걸로 보아, 모니터 속의 남자는 가장 처리하기 힘든 직업군에 속한 사람이 분명했다. 보통 밤 세계의 중간 보스급 이상이 거기에 속했는데, 가격은 조직원들의 숫자나 관리 업소의 규모에 따라 달라졌다. 미란은 태수의 눈치를 살피며 남자의 신상 정보를 작업 의뢰서에 옮겨 적었다. 마지막으로 비고란이 채워졌다.

마무리 후 사진 찍어서 제출.

미란은 인쇄 버튼을 눌렀다.

"서 대리, 내일 회장님 오시는 거 알고 있지? 돈 준비해놔."

"네."

미란은 인쇄한 종이와 함께 서랍에서 소형 카메라를 꺼내 사무실 밖으로 나갔다. 특송 구역으로 걸어가 한 남자에게 사무실에서 가져온 종이와 카메라를 내밀었다. 남자는 내용을 한 번 읽어본 뒤, 미란을 바라봤다.

"차에 실어서 센터에 놓고 가시면 돼요. 산에는 다른 분이 가실 거예요."

"처리는 '완전히'로 할까요?"

미란은 남자를 향해 고개를 끄덕이고, 다시 사무실로 들어갔다. 남자는 종이를 반으로 접어 주머니에 넣었다.

*

목표물이 있는 장소는 물류센터에서 20분 거리에 있었다. 그 야말로 유흥에 의한, 유흥을 위한 건물이었다. 1층에만 프랜차이즈 커피 전문점이 있었을 뿐, 나머지 층은 다양한 종류의 술집과 노래방, 마사지 업소가 영업을 하고 있었다. 남자는 건물 주변을 돌아본 뒤 지하 주차장 안으로 들어갔다. 천천히 차를 움직이며 주차된 차량들의 번호판을 일일이 확인했다. 잠시 후, 차 두 대의 자리를 혼자서 차지하고 있는 승용차를 발견했다. 승용차의 차량 번호와 종이에 있는 번호가 일치했다. 남자는 CCTV가 설치된 곳을 확인한 뒤 동선 계획을 세웠다. 마지막으로 승용차의 내부를 살폈다. 다행히 상시 녹화용 블랙박스가 아니었다. 이제 시작할 시간이었다. 남자가 사용하는 스마트폰은 특송팀 중에서도 극히 일부에게만 지급되는 대포폰이었다. 남자는 목표물에게 전화를 걸었다. 상대방에게 차량 번호를 불러주고, 소유자가 맞는지 확인을 했다. 뭐하는 새끼냐는 답이 날아왔다. '뭐하는'이라고 분명히 물었지만, 직업에 대해 묻는 건 아니었을 것이다. 남자는 목표물을 주차장으로 불러내기 위해 목표물의 가족과 출생을 들먹이며 욕을 했다. 잠시 정적이 흘렀다. 전화는 끊어진 상태였다.

2, 3분이 지났을까? 계단 문을 발로 차면서 한 남자가 주차장으로 들어왔다. 남자는 주변을 살피며 자신의 차로 걸어갔다. 택배 차를 지나는 순간, 남자는 걸음을 멈췄다. 어떤 놈인지 빨리 가서 죽이겠다는 의지보다 더 강한 충격이 머리에 가해졌기 때문이다. 허리가 숙여지고, 결국 다리까지 접히면서 바닥에 쓰러졌다. 남자는 목표물을 짐칸에 밀어 넣고 자신도 안으로 들어갔다. 약 5분 정도 택배 차가 출렁거렸다.

물류센터에 도착하자 오전 3시가 조금 넘었다. 원래 있던 자리에 주차를 하고 남자는 차에서 내렸다. 사무실로 발걸음을 옮기려던 찰나, 자신에게 걸어오고 있는 미란을 발견했다. 남자는 미란에게 아까 받았던 종이와 카메라를 돌려줬다. 미란은 카메라에 저장된 사진을 확인했다.

*

물류창고 안은 특송팀 택배 차량들만 나란히 주차되어 있을 뿐, 조용했다. 직원들이 출근을 시작하는 저녁 8시가 되어야 비로소 활기를 되찾을 것이다. 오늘처럼 예외적으로 낮 시간에 사람이 있는 경우는 평균 2주에 한 번 정도였다. 강수가 현금을 가지러 오는 날이었다. 특송 물품이 많았던 이번 주에는 10억 가까운 현금이 쌓였다. 아직까지 사무실에는 태수와 미란만 있었다. 강수는 평소처럼 3시나 되어야 사무실에 도착할 것이다.

보통 사람이라면 많은 현금을 옮기는 것을 불안해할 것이다. 가능한 한 많은 사람을 동원해 혹시 모를 사태에 대비하겠지만 태수와 강수 형제는 생각이 달랐다. 그들은 아는 사람을 더 경계했다. 돈과 관련된 것은 무조건 최소의 인원만 알고 있어야 하는데, 그래야 만약의 사태가 생기더라도 범인을 찾기 쉽다고 여겼다. 그들은 누가 훔쳐가더라도 빨리 찾기만 하면 별문제는 없다고 생각하는 듯했다. 그래서인지 강수는 항상 운전기사 한 명만 데리고 물류센터를 방문했다.

"형, 어디야? 10분? 알았어."

10분 정도 걸린다는 것은 이제 곧 외곽순환도로에서 빠져나와 통일로를 탄다는 것을 의미했다. 미란은 태수의 눈치를 살펴가며 누군가에게 보낼 문자를 작성하기 시작했다. 새벽부터 짐칸에 실려 있는 남자의 사진을 첨부하고 물류센터 주소를 적은 뒤, 다시 한번 내용을 꼼꼼하게 확인했다. 그리고 발송. 문자를 보내는 데 사용된 스마트폰은 태수가 사용하는 여러 대의 대포폰 중 하나였다. 바로 전화가 걸려왔지만 미란은 받지 않았다. 무음 상태였기 때문에 태수의 눈치를 볼 필요도 없었다. 그러자 이번에는 문자 하나가 도착했다. 미란이 처음 들어보는 욕과 협박 문구가 적혀 있었다. 미란 또한 적당히 기분 나쁠 말을 몇 줄 적은 다음, 바빠서 그러는데 몇 시까지 올 수 있는지를 물어봤다. 30분 이내로 갈 테니까 도망가지 말라는 답이 왔다. 미란은 상대방에게 다시 욕을 적어 보내고 전원을 껐다. 욕을 한 것은 상대를 무시한다는 의미는 아니었고, 그저 조금 더 빨리 오라는 격려 차원이었다. 잠시 후, 강수의 승용차가 물류센터 안으로 들어와 사무실 바로 앞에 주차했다. 미란은 형제에게 잘 저은 믹스커피를 한 잔씩 주고 사무실 밖으로 나왔다.

현금은 물류센터 구석에 있는 창고의 금고 안에 있었다. 형제가 만나면 한 시간 정도 일에 대한 대화를 했는데, 주로 태수가 말하고 강수는 고개를 끄덕이기만 했다. 강수가 알아들었는지 확인할 길은 없었지만 태수도 굳이 물어보지는 않았다.

미란은 물류센터 밖으로 나갔다. 주변을 천천히 걸으며, 통일로에서 물류센터로 올라오는 길을 내려다봤다. 여러 대의 승합차가 물류센터 쪽으로 올라오고 있었다. 미란은 물류센터에서 멀찍이 서 있었지만 안쪽이 잘 보이는 곳에 자리를 잡았다. 승합차는 모두 4대였고 내린 사람은 총 23명이었다. 대당 평균 약 6명 정도가 타고 있었다. 강수의 운전기사는 몇 초 만에 바닥에 쓰러졌다. 23명의 남자가 차례차례 사무실 안으로 들어갔다. 거리가 떨어져 있긴 했지만 사무실 안에서 크게 소리치면 들릴 만한 위치였다. 하지만 미란은 아무 소리도 듣지 못했다. 5분 정도 뒤에 남자들이 다시 사무실 밖으로 나왔다. 그중 한 명이 택배 차에 실린 남자를 확인하기 위해 짐칸 안으로 들어갔다. 예상대로 보스는 이미 숨을 거둔 상태였다. 모든 조직원의 서열이 한 단계씩 상승할 것이고, 그렇게 되면 이제 짐칸에 들어간 남자가 서열 1위였다. 차기 보스는 자신이 짊어질 무게를 다시 한번 실감했다. 그는 밖으로 나오면서 일행을 향해 고개를 좌우로 흔들었다. 이것은 두 가지 의미가 담긴 행동이었다. 첫 번째, 이미 늦었다. 두 번째, 그냥 가자.

남자들은 일사불란하게 승합차에 올라타기 시작했다. 미란은 4대의 승합차가 물류센터를 빠져나와 통일로에 진입할 때까지 지켜봤다. 강수의 운전기사는 여전히 정신을 잃은 채 쓰러져 있었고 사무실 안은 도저히 정리가 불가능한 상태로 변해 있었다. 강수와 태수 형제도 수습 불가능한 상태였다. 미란이 다가가자 태수는 감기는 눈을 겨우 뜨면서 손을 들었다. 반갑다는 뜻일까? 아니면, 이제 살 수 있다는 희망의 표현일까?

"잠깐 기다리세요."

미란은 운반 수레를 끌고 특송 구역으로 향했다. 물류센터 전체에 운반 수레의 바퀴 소리가 울려 퍼졌다. 택배 차의 짐칸 문을 열고 짐칸 끝에 달린 전동 리프트를 내린 다음, 그 위에 운반 수레를 실었다. 미란은 택배 차의 시동을 걸어 사무실 앞까지 이동시킨 뒤, 다시 운반 수레를 끌고 사무실 안으로 들어갔다. 미란은 형제를 보면서 아주 잠깐 생각에 잠겼다가 그래도 위아래가 있으니 형부터 옮기기로 했다.

미란은 강수를 운반 수레에 옮기고 사무실 밖으로 나와 리프트를 이용해 짐칸에 실었다. 리프트가 이번 계획에 아주 중요한 부분을 담당했다. 만약 전동 리프트가 없었다면 혼자 할 엄두가 나지 않았을 것이다. 태수는 그 와중에도 운반 수레가 다가오자 손으로 수레를 잡으려고 했다. 하지만 피 때문에 자꾸 손이 미끄러졌다. 미란은 태수를 수레에 옮겨 차로 이동했다. 묘한 기분이 들었다. 지금 태수는 어떤 감정을 느끼고 있을까?

리프트는 미란과 태수를 공중으로 띄웠다. 미란은 운반 수레를 끌고 짐칸 안으로 들어갔다. 태수는 자기보다 먼저 와 있던 두 명의 남자를 물끄러미 쳐다봤다. 미란은 아주 과감하게 운반 수레를 기울였다. 태수는 데굴데굴 굴렀고, 그렇게 형제는 다시 만났다. 미란은 짐칸 한쪽에 있던 자루를 들고 태수에게 다가갔다. 태수는 힘겹게 눈을 뜨고 미란을 바라봤다. 입술을 움직이는 걸로 봐서 뭔가 하고 싶은 말이 있는 모양이었다. 미란은 태수의 옆에 쪼그리고 앉았다.

"걱정 마세요. 사장님하고 사장님 형님은 요금 안 받으니까. 그래도 되겠죠? 그리고 예약 건은 제가 다 취소할게요."

미란은 자루를 펼쳐 태수의 머리부터 씌워나갔다. 혹시라도 벗겨질 것을 대비해 바인더 끈으로 자루를 태수의 몸에 꽉 묶었다. 태수가 답답한 듯 몸을 뒤척이자 미란은 더욱 세게 끈을 당겨 묶고 또 묶었다.

일을 얼추 마치고서 태수의 스마트폰과 CCTV 본체를 들고 나온 뒤 사무실 문을 잠갔다. 그리고 정신을 잃은 채 바닥에 쓰러져 있던 강수의 운전기사를 질질 끌어 승용차 조수석에 앉혔다. 미란은 강수의 승용차를 운전해 센터 밖으로 나와 근처의 공터한쪽에 주차했다. 차는 짙은 선팅 때문에 안이 들여다보이지 않았다. 미란은 한두 시간 내에 구급차를 불러주겠다고 기사에게 말했다. 강수의 운전기사가 미란의 말을 들었는지는 알 수 없었다. 그래도 마음은 통하지 않았을까? 물류센터로 돌아온 미란은 치열했던 흔적을 지우기 위해 바닥에 물을 뿌리며 청소 솔로 박박 닦아냈다.

*

특송팀장은 서미란 대리로부터 갑자기 처리해야 할 특별 서비스가 있다는 전화를 받았다. 지점장이 직접 처리한 일이 있는데, 야산팀장에게 전달해주기만 하면 된다고 했다. 특송팀장은 약속대로 5시에 물류센터에 도착했다. 사무실 밖에 있던 미란이 특송팀장에게 다가왔다.

"5호차예요. 야산팀장한테는 전화했습니다. 하차만 시켜주시면 됩니다."

순간 미란이 왜 이 시간에 여기에 있는지 의아했지만 가끔 이럴 때도 있었기에 크게 개의치 않았다. 특송팀장은 바로 출발했고, 서두른 탓인지 40분 만에 도착했다. 야산팀장의 수신호에 따라 구덩이 가까이에 차 뒷부분을 갖다 댔다. 특송팀장은 급한 성격 탓에 평소에도 리프트를 잘 이용하지 않았다. 짐칸에 올라탄 특송팀장의 입에서 속사포 욕이 터져나왔다. 가장 싫어하는 자루 사용법이었다. 자루 속에 완전히 집어넣은 게 아니라, 머리에서 시작해 허리까지만 뒤집어씌운 형태였다. 안에 집어넣기 귀찮을 때 쓰는 방법이었다. 이럴 경우, 자루의 매듭을 잡고 끌어낼 수 없었다. 자루가 벗겨지기 십상이기 때문이다. 그렇기에 양쪽 다리를 잡고 끌어내야 했다. 특송팀장은 계속 욕을 하면서 주머니에 있던 장갑을 착용했다. 그리고 한 명씩 다리를 잡고 밖으로 끄집어냈다.

"수고하쇼."

세 자루 모두 구덩이 속으로 던진 특송팀장은 인사와 동시에 그 자리를 떠났다. 야산팀장의 삽질 간격은 매우 일정했다. 이런 속도라면 마무리까지 20분이면 될 것 같았다. 한창 작업 중일 때, 어디선가 신음소리가 들렸다. 자루 안에서 삐져나온 태수의 손이 주변을 헤집다가 구덩이 면에 튀어나와 있는 나무뿌리를 잡았다. 몇 번 실패했지만, 결국 뿌리를 당기면서 앉는 데 성공했다. 자루까지 벗어보려고 했지만 그럴 힘은 없었다. 삽질을 멈춘 채 이 모습을 지켜보던 야산팀장은 태수를 향해 있는 힘껏 풀스윙을 했다. 태수는 정통으로 삽에 맞아 뒤로 넘어졌고, 그 이후 어떤 움직임도 없었다. 야산팀장은 다시 삽질을 시작했다. 흙이 쌓이면서 자루는 점점 보이지 않게 되었다.

*

차창 밖으로 거리 풍경이 보였다. 걸음마를 시작한 아이가 엄마의 손을 잡고 서툰 걸음을 옮기고 있었다. 쉴 새 없이 이야기를 주고받으며 환하게 웃고 있는 학생들과 손을 잡고 걷고 있는 커플의 모습도 보였다. 승합차 운전석에는 용재가 타고 있었고, 조수석에는 미란이 타고 있었다.

미란은 사무실 금고에서 자신의 월급과 퇴직금, 그리고 조금의 특별 수당만을 챙겼다. 특별 수당은 위험 수당 개념으로 스스로에게 지급한 것이기 때문에 금액은 물어보지 않았으면 좋겠다고 했다. 자신은 결코 욕심이 많은 사람이 아니라는 말도 덧붙였다. 마지막으로 금고에 남겨둔 돈은 직원들의 월급과 퇴직금, 그리고 일반 택배 기사들의 수수료로 지급될 것이라는 말로 이야기를 마무리 지었다. 미란은 정말 똑똑하고 치밀한 사람이었다. 두 사람이 탄 차는 신호가 바뀌면서 교차로 앞에 멈췄다. 바로 오른쪽에 택배 차량 한 대가 용재의 차와 나란히 멈춰 섰다. 택배 차량 옆면에 홍보 문구가 새겨져 있었다.

소중한 마음을 전해드리는 특별한 배송

택배 차량 운전자의 옆모습이 특송팀장만큼이나 강렬했다. 용재와 미란은 누가 먼저랄 것도 없이 웃기 시작했고, 웃음소리는

점점 커졌다. 잠시 후, 녹색 신호에 맞춰 두 사람이 탄 차가 출발
했다.

뇌에서 만들어진 신호가 신경을 따라 손가락 끝에 도착하면 비로소 글자 하나가 탄생한다. 그런 동작이 수십만 번 이어져야 책한 권이 세상에 나올 수 있는 것이다. 그동안 얼마나 많은 신호가나의 뇌를 거쳐 갔을까? 또 얼마나 많은 글자가 생겨났다가 지워졌을까? 그렇게 내게 있어 '특별한' 책이 세상에 나오게 되었다.

이야기는 길에서 마주친 택배 차량으로부터 시작되었다. 택배기사 한 명이 하루에 수백 개의 택배를 배달하며, 국가 전체로 보면 그 개수는 연간 30억 개가 넘는다고 한다. 택배는 이제 우리의생활과 밀접한 정도를 넘어 생활 그 자체가 되었다. 만일 택배를통해 금지된 물건이 전달되면 어떻게 될까, 하는 상상이 머릿속을 맴돌다 이야기로 발전하게 되었다.

자신도 모르게 범죄에 가담하게 된 한 남자가 있다. 남자의 탈출기를 통해 인간관계 사이의 먹이사슬, 그리고 환경에 대처하는 다양한 방식을 묘사하고자 했다. 인간에게 있어 환경은 얼마나 큰 작용점으로 인생에 투영되는 것일까? 정말 그것이 사람의인생을 결정하는 절대적인 요소일까? 비슷한 환경을 가졌음에도 상반된 성격과 가치관을 갖고 전혀 다른 인생의 궤적을 그리는 사람들이 있다. 이 사실은 어떤 걸 의미하고 있을까? 환경은 그들에게 어떤 의미였을까?

한 사람의 인생을 결정하는 것은 결국 그 사람의 의지에 달려 있다. 환경을 그저 받아들일지, 뛰어넘을지는 본인에게 달려 있는 것이다. 오늘은 어제의 내가 만든 것이고 내일은 오늘의 내가 만들어간다. 결국 지금의 상황을 바꾸고 싶다면 나를 바꿀 수밖에 없다. 하지만 우리는 여러 가지 이유를 내세우며 항상 같은 나로 살고 있다. 여러분이 한계 앞에 고개 숙이지 않고 현재의 나를 뛰어넘는, 그래서 진정으로 원하는 삶으로 향하기를 기원한다. 이야기 속의 용재처럼.

작가로서의 삶, 그것에 대한 자신감이 가늘어지다 못해 끊어지려던 찰나에 『특별배송 하시겠습니까』가 신호를 보내왔다. 그리고 나는 그 신호에 귀를 기울였다. 그것은 정말이지 '특별한' 인연의 시작이었다.

특별배송 하시겠습니까

© 이세라, 2022

초판 1쇄 인쇄일 2022년 12월 30일
초판 1쇄 발행일 2023년 1월 6일

지은이   이세라
펴낸이   정은영
편집   이태은 방지민
디자인   박현민
마케팅   유정래 한정우 전강산
제작   홍동근

펴낸곳   네오북스
출판등록   2013년 4월 19일 제2013-000123호
주소   04047 서울시 마포구 양화로6길 49
전화   편집부 (02)324-2347, 경영지원부 (02)325-6047
팩스   편집부 (02)324-2348, 경영지원부 (02)2648-1311
이메일   neofiction@jamobook.com

ISBN 979-11-5740-351-6 (03810)